KB192630

나의 프로방스 일기

Journal en Provence

나의 프로방스 일기

초판인쇄 2024년 10월 10일
초판발행 2024년 10월 21일

지은이 이주현
발행인 조현수
펴낸곳 도서출판 프로방스
기획 조영재
마케팅 최문섭
편집 문영윤

본사 경기도 파주시 광인사길 68, 201-4호(문발동)
물류센터 경기도 파주시 산남동 693-1
전화 031-942-5366
팩스 031-942-5368
이메일 provence70@naver.com
등록번호 제2016-000126호
등록 2016년 06월 23일

정가 17,800원

ISBN 979-11-6480-367-5 (03810)

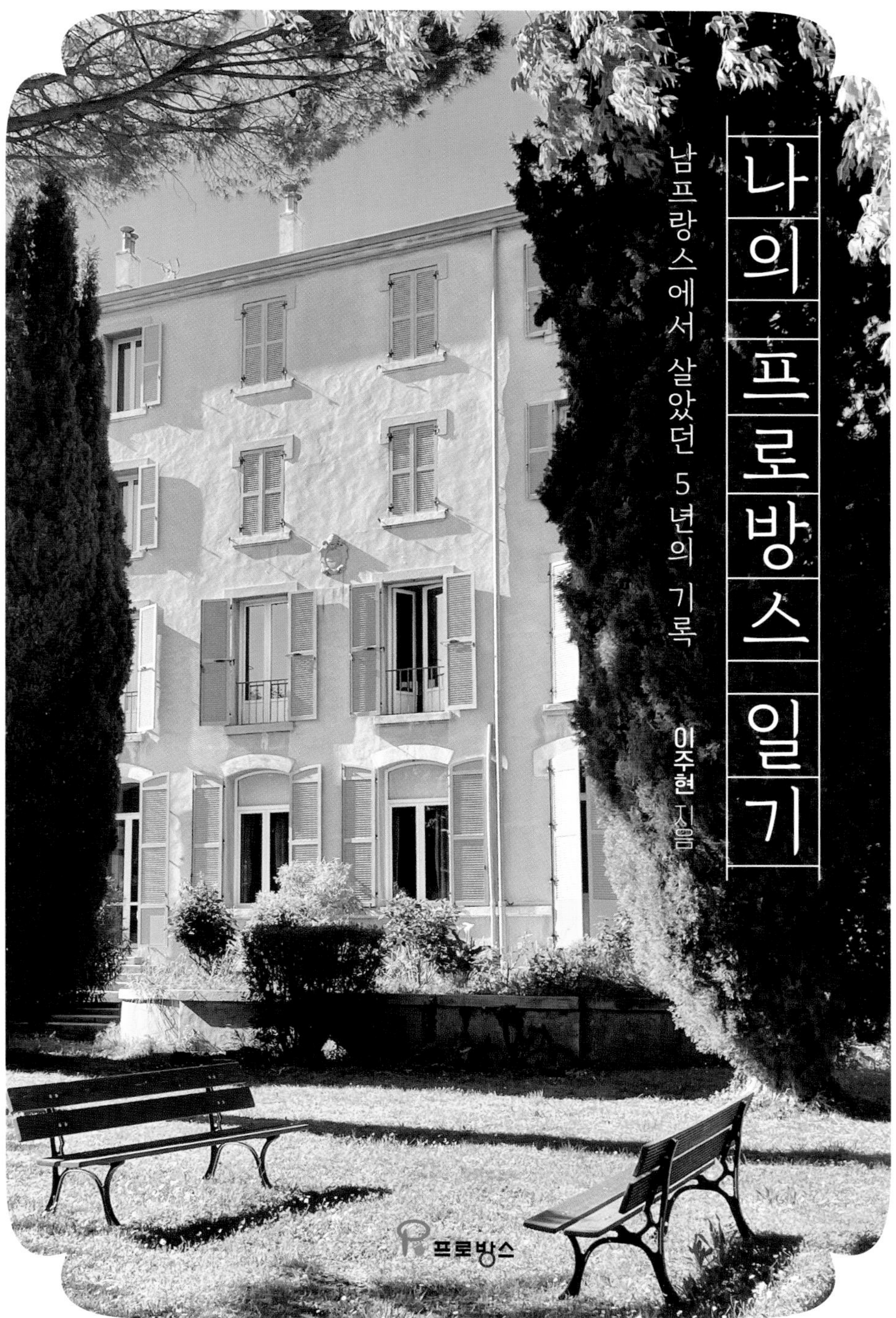
나의 프로방스 일기
남프랑스에서 살았던 5년의 기록
이주현 지음
프로방스

Prologue.

프로방스에서 산 오년

어릴 때부터 일기쓰는 걸 좋아했다. 언제부터였는지 기억은 잘 나지 않지만 초등학생 시절 방학숙제로 했던 '생활 일기쓰기'가 유독 기억에 남는다. 그때 친구들은 방학이 끝나기 며칠 전부터 밀려있던 일기를 한꺼번에 쓰느라 정신없었지만, 나는 매일같이 자기 전에 연필을 들고 최소한 다섯줄이라도 썼다. 내가 일기를 매일 썼던 이유는 매우 독특했다. 다름 아닌 학용품 때문이었다. 종이 질감과 펜이 써지는 감촉이 참 좋았다. 게다가 거기에서 나는 냄새가 신기하리만큼 향기로웠다.

지금도 나는 해외에 다녀올 적마다 도시에서 가장 큰 서점에서 공책과 펜을 하나씩 산다. 그리고 여기에 1주일에 3일 이상은 하루를 되돌아보며 펜으로 써내려간다. 아침에 일어나서 밤에 잠에 들기 전까지,

정신이 깨어있는 동안에 어떤 감정을 느꼈는지 등 모든 것을 세세하게 기록한다. 가끔은 잔상이 짙게 남은 꿈을 꾼다든지, 멍하니 시간을 때우다가 상상의 나래가 펼친 내용도 적는다.

어느날 쌓여있는 책들 사이에 일기장을 꺼내 다시 읽어봤다. 프랑스에서 살았던 시간들이 적혀 있었다. 엑상프로방스에서 약 오년 간 (2017.8.18~2022.5.29) 살면서 쓴 일기장이 무려 여섯 권이었다. 요즘 나는 일년에 한권 정도 쓰는 셈인데 여섯 권이면 꽤나 많은 시간을 썼다는 의미다. 하긴, 프랑스어 코스를 마치고 연구대학에 입학했을 때 이미 나는 세 권이나 썼던 기억이 떠올랐다. 교수님이 동기들과 친해지라고 자기자랑 시간을 마련했을 때 나는 일기장을 들고 나타났었다.

엑상프로방스는 예술도시다. 그곳에서 나는 눈만 뜨면 아름다운 풍광을 볼 수 있었고 걷다보면 믿을 수 없는 도시의 분위기에 흠뻑 빠졌다. 그리고 사람을 만날적마다 새로운 경험을 할 수 있었다. 그래서 예술가들이 영감을 얻으려고 남프랑스에 살았던 것 같다. 이곳에서 태어나 마지막 순간까지 살았던 폴 세잔부터 그에게 인문한적 영감을 주며 진한 우정을 나눴던 에밀 졸라. 그밖에 여러 도시에 흩어져 살았던 파블로 피카소, 빈센트 반 고흐, 앙리 마티스, 마크 샤갈, 마르셀 파뇰 등 수많은 사람들이 이곳을 거쳐갔다.

내가 처음 살았던 집은 시내에서 조금 벗어난 비탈길에 있었다. 창문을 열면 도시가 한 눈에 들어왔고 삼종(三鐘) 시간이면 생소뵈르 대성당의 종소리가 내 방까지 울렸다. 폴 세잔의 작업실(Atelier de Cézanne)도 그리 멀지 않았다. 불과 걸어서 5분도 안걸리는 곳에 인접해 있었다. 나는 그곳을 산책하는 걸 즐겼다. 빨간 문을 열면 숲이 우거져 있는 정원이 있고 그 옆에 전형적인 프로방스식의 노란 집이 있었다. 작은 집에 관광객이 수시로 드나들었지만 정원 만큼은 아무도 다니지 않았다. 나는 공책과 펜을 들고 조용한 장소를 찾았고 자연의 정취를 즐기며 글을 써내려갔다. 가끔은 폴세잔을 포함한 남프랑스의 예술가들과 직접 대화하는 듯한 느낌이 들었다.

지금껏 내가 일기를 쓴 건, 시간을 정리하기 위해서였다. 앞으로 맞이할 시간을 깔끔하게 맞이하려고 했다. 그런데 일기장을 다시 들춰서 읽어보는 순간 그때 쓰면서 느끼지 못했던 감정과 생각을 지금에 와서야 다시 새롭게 할 수 있다는 걸 알았다. 기뻐하고 즐거워했던 순간에 한편으로는 고민거리가 쌓여있었다는 걸 알았고, 짜증나고 답답한 시간이 연달아 있었지만 그 순간 두 눈을 통해 바라봤던 하늘이 나를 위로했던 감정을 느낄 수 있었다. 그래서 지나온 시간을 일기장에 쓴다는 건 과거를 정리하고 끝내려는 게 아니라 지금까지 이어져오고 있는 시간의 연속에서 계속 성장해 나가려는 발버둥일 수도 있겠다.

나는 분명 엑상프로방스를 사랑했다. 여러 나라에서 온 친구들과 같이 프랑스어를 공부했던 때, 시청 옆 크리스토프 마들렌 가게에서 처음 사먹었던 마들렌 맛, 멧돼지 동상이 있는 커피집 테라스에서 카페 알롱제를 시켜놓고 시간을 보냈던 여유, 갑자기 내린 비를 흠뻑 맞고 처마

밑에서 사람들과 수다 떨던 우연, 수 백년 된 건물에서 오랜 시간 내려오는 지혜를 습득하는 재미 등 지금도 친구들과 만나면 온종일 그곳에서 지냈던 얘기를 꺼내놓는다.

그렇지만 다시 그곳에 살라고 하면 선뜻 용기는 나지 않는다. 힘들었던 시간도 많았다. 집 주인이 대문열쇠를 안줘서 담을 넘다가 다리뼈가 부러졌던 고통, 언어를 못해서 차별받았던 순간, 주차하다가 오토바이를 살짝 부딪혀서 냅다 주먹에 맞은 아픔, 아꼈던 사람을 갑자기 잃어야 했던 슬픔 등. 프랑스에 살려면 완전히 프랑스 사람이 되거나 아예 외국인으로 살 수 밖에 없다. 그 중간 애매모호한 위치는 허용하지 않는다. 특히 프로방스는 프랑스에서 가장 보수적이며 전통을 고수하는 동네였다. 그에 따른 문화도 완전히 흡수해야 살 수 있었다.

모든 시간은 나를 만들어줬다. 그래서 소중하다. 내가 좋아했던 순간을 선택할 수 없고, 싫어했던 순간을 지울 수 없다. 프로방스에서 살았던 시간은 매일 자신 있게 내리쬐는 햇살처럼, 내 인생에서 무엇이든 용기 내어 할 수 있었던 멋진 나날이었다. 인생에서 가장 푸르렀던 시기에 나는 파란 하늘을 바라보며 꿈을 품으며 살았다.

이 책에 내가 꺼낼 수 있는 기록만 정리해서 담았다. 그때 그곳에서 살았던 솔직담백한 이야기다. 아름다운 장소를 소개하거나 맛집을 알려주고 관광객이 유용하게 다니기 위한 내용은 아니다. 그저 낯선 곳에서 한 사람이 살았던 이야기다. 한 번쯤 집을 떠나 다른 곳에 살고 싶은 우리의 로망을 조금이나마 충족시켜줄 수 있기를 바라본다.

2024년 가을

이주현

목차

Part 3

새로운 곳을 향해

Part 4

한계를 뛰어넘어

Part 5

꿈이야 뭔들

Part 1

프랑스에 발 내딛기

갑자기 프랑스로 떠난 이유

나는 프랑스가 어떤 나라인지도 몰랐다. 그렇다고 학생 때 프랑스어를 전공하지도 않았고 프랑스 문화를 동경하며 살았던 것도 아니었다. 그러면 언제 내 인생에서 '프랑스'라는 이름을 언제 처음 들었을까. 흐릿하게 떠오르는 기억 하나는 아마도 내가 중학생 때 친하게 지내던 성당 동생이 파리로 유학을 떠난다고 말했던 게 처음이지 않았을까 싶다. 그 당시엔 프랑스가 어디에 있는지도 몰랐고, 파리가 프랑스의 수도라는 것도 그 성당 동생이 가는 곳이라서 알게 되었다.

그렇게 오랜 시간이 흘렀다. 그럼에도 불구하고 나와 프랑스는 만날 일이 없었다. 가끔씩 드라마에서 나오는 예쁜 배경의 에펠탑과 동네 빵집에서 프랑스 스타일의 빵을 집어 먹어보는 게 다였다. 철부지 원

수처럼 내가 프랑스를 싫어하는 것도 아니었지만, 그저 자연스럽게 모르면서 지내왔을 뿐이었다.

내가 프랑스에 가서 공부하겠다고 말했을 때 주변 사람들의 반응을 아직도 잊을 수가 없다. “갑자기? 왜? 너 프랑스어 할 줄 알아?” 불과 몇 년 전의 일이지만 프랑스 땅에 가서 공부하고 산다는 건 이미 프랑스어를 하고 있는 사람들만의 사유였다. 아니면 프랑스 음식, 미술, 건축 등 전문 분야를 제대로 알고 싶어 하는 사람만이 관심을 가질 수 있는 나라였다. 또 어떤 사람은 내 얼굴을 똑바로 바라보며 걱정스러운 표정을 짓기도 했다. 마치 한국에서 인생을 실패하고 새로운 땅으로 꿈을 찾아 나서는 사람 취급을 받는 것 같았다. 하기야 그때 나는 좋은 성적으로 대학교를 졸업해서 나름 괜찮은 직장에 다니며 월급을 받고 있었다. 조금만 버티면 사회에서 내가 먹고살 수 있는 정도의 자리는 만들 수 있었으니, 당연히 그런 반응이 나올 만도 했다.

좋은 표현보다 안쓰럽고 안타까우며 신기한 듯한 표정으로 날 바라봤던 주변 사람들에게 나는 명확한 대답을 내어놓지 못했다. “나는 왜 프랑스로 떠났지?” 프랑스에 도착한 이후에도, 엑상프로방스라는 작은 마을에 자리를 잡아 살아가는 시간에도 나는 왜 프랑스에 와 있는지 마땅한 대답을 찾지 못했다. 그러나 분명히 얘기할 수 있는 건, 이 모든 게 우연에서 시작되었다는 것이다.

엑상프로방스 대성당에서 미사 복사

나는 모태신앙으로 가톨릭 신자다. 그리고 한 명의 젊은이로서 2년~3년마다 열리는 세계청년대회(World Youth Day)에 참가해 왔다. 전 세계 가톨릭 청년들은 매번 개최지가 바뀌어 가는 도시에서 교황님과 함께 기도하고, 주최 측에서 준비한 여러 프로그램에 참여한다. 여기서 젊은이들은 1주일 동안 속 깊은 얘기를 솔직하게 나누면서 서로가 서로의 이야기를 경청한다. 언어가 다르고 자라온 환경도 다르지만, 우리가 같은 젊은이고 같은 고민을 각자의 자리에서 안고 살아가고 있다는 걸 알게 된다. "나는 미래에 뭐 하지?" 으레 20~30대라면 갖고 있는 이런 고민을 나뿐만 아니라 누구나 갖고 있다고 공감되는 순간, 고민은 고민이 아닌 게 되어버린다. 공감 안에 희망을 발견하고 용기를 얻어서 자기네 나라로 돌아가는 게 바로 이 행사다.

내가 프랑스에서 살게 된 이유도 바로 세계청년대회 때문이다. 나 또한 한 젊은이로서 막연한 미래에 대한 걱정을 하고 있었다. 한편으로는 다른 사람들처럼 똑같이 살고 싶지는 않았다. 그래서 2016년 7월, 폴란드 크라쿠프(Krakow)에서 열린 제31회 세계청년대회에도 참가자로 등록하는 다른 한국 청년과 다르게 현지 봉사자로 신청하여 참가했다. 나는 미디어팀에 곧바로 배속되었고, 행사장 곳곳을 누비며 현장 분위기를 취재했다. 방송국에서 일했던 경험을 바탕으로 낯선 사람들을 만나며 다양한 이야기를 듣고 기록하는게 흥미로웠다.

대회 마지막 날, 현지인까지 포함해서 약 200만 명이 모인 파견 미사가 진행 중이었다. 나는 뜨거운 땡볕 더위에 한복을 입고 마지막 날을 보내고 있었다. 그리고 주변에 있는 청년들과 어깨동무를 하고 춤을 추고 있었는데, 저 멀리서 내 이름이 들려왔다. 또렷한 한국말이었다. 고개를 돌려보니 얼굴이 익숙한 한 한국 사람이 웃으며 다가왔다. 내가 어릴 때 알고 지내던 신부님이셨다. 시간이 지나면서 연락이 끊어졌었는데, 이렇게 다시 만나게 될 줄은 상상도 못했다. 그것도 한국이 아닌 폴란드 땅에서 말이다. 나는 신부님을 보자마자 하고 싶은 말이 갑자기 많아지기 시작했다. 그리고 내가 살아온 얘기, 앞으로 어떻게 살지 등 내 진심을 담은 고민거리들을 늘어놓기 시작했다. 신부님은 내 말을 가만히 듣고 아무런 대답을 하지 않으셨다. 그리고 기도해주겠다는 말씀만 남긴 채 연락처를 주고받고 헤어졌다.

딱 한 달이 지난 뒤 신부님으로부터 연락이 왔다. "우리가 헤어진 다음에 나는 너를 계속 생각했어. 혹시 프랑스에서 사는 건 어떻게 생각해? 너를 프랑스로 초대하고 싶은데…"

'갑자기' 들은 말이었다. 대학생 때 딱 한 번 유학을 고민한 적이 있었다. 나는 내 전공인 종교학을 살려 학비가 싼 독일이나 신학의 중심인 로마로 유학을 갈 생각이었다. 그러나 문제는 돈이었다. 아무리 장학금을 받는다고 하더라도 기본적으로 살아가는 데 필요한 생활비를 감당할 수 없을 것 같았다. 현실적인 문제로 잠깐의 꿈을 접고 말았지만, 끝이라고 생각해 본 적은 단 한 번도 없었다. 그래서 신부님의 제안은 굉장히 솔깃했다. 그 초대에 응답하면 내가 프랑스로 가는 비행기뿐만 아니라 학비, 생활비까지도 지원받을 수 있는 기회였다.

몇 개월 뒤, 추운 겨울이 지나고 한 통의 편지가 나에게 도착했다. 프랑스에서 온 편지였다. 나는 번역기를 동원하여 그 편지를 차근히 읽어봤다. 한 단어, 한 줄을 읽을 때마다 놀라지 않을 수 없었다. 프랑스 가톨릭교회에서 나를 정식으로 초대한다는 공문이었다. 갑작스런 신부님의 제안에 아직 명확한 대답을 하지 못한 상황에서 받은 거라서 무척 당황스러웠다. 그러나 나는 내 마음을 알고 있었다. 어느 때보다 가슴이 팔딱팔딱 뛰고 있는 걸 느꼈다. 내가 하고 싶을 걸 하게 되었을 때 느끼는 그 설렘이었다. 나는 그 설렘을 따라가 보기로 했다. 내 열정을 믿고 있었다. 그리고 정확히 6개월 뒤, 나는 한국을 떠나 프랑스 엑상프로방스에 도착했다.

액상? 엑상프로방스!

"너 사는 곳이 어디야?"

"엑상프로방스"

"뭐? 어디라고?"

친구들과 통화할 때면 한 번도 빠짐없이 이런 대화가 오간다. 보통 프랑스 하면 파리밖에 생각나지 않고, 조금 더 잘 알면 스트라스부르 정도는 알 수 있지 않을까 싶다. 그런데 내가 사는 엑상프로방스는 한국에 잘 알려져 있지 않은 도시다. 그래서 내 친구들을 포함한 많은 사람들이 이 도시의 이름을 듣고 생소하다며 고개를 갸우뚱거린다.

대화를 나누던 어떤 한 친구는 멋쩍은 표정으로 농담을 하나 내뱉은 적이 있었다. "엑상프로방스에 산다고? 그게 무슨 뜻이야? 엑상… 액상 수프가 많이 있나? 허허…" 나는 순간 얼굴이 굳어져 할말을 잃고 말았다. 그 친구의 괴상한 농담에 어떻게 반응을 보여줘야 할지 몰라서였다. "액상 수프가 동봉되어 있는 한국 라면이나 나에게 보내주고 그런 말이나 하지!"라는 말이 내 턱밑까지 왔다가 겨우 참았다.

그런데 시간이 조금 흘러 다시 생각해 보니, 그 친구가 던진 농담이 엑상프로방스의 엑스를 설명하기에 조금은 적절한 표현이라는 걸 인정할 수밖에 없었다. 엑상프로방스의 첫 글자 엑스는 라틴어로 '물'이라는 뜻을 가지고 있기 때문이다. 물과 액상 수프는 모두 액체에 해당하니까, 발음마저 어려운 이 동네를 설명할 때 가볍게 웃으며 입을 뗄 수 있지 않을까 싶었다.

엑상프로방스(Aix-en-Provence)는 프랑스 남쪽 지중해 가까이에 있는 도시다. 흔히 도시라고 하면 빌딩이 메타세쿼이아 나무숲처럼 쭉쭉 뻗어있고, 큰 거리에 자동차가 쌩쌩 다니는 걸 연상한다. 하지만 엑상프로방스에서는 높은 빌딩을 찾아보기 힘들고 큰 거리도 없다. 자동차는 경적을 울리지 않고 매우 느리게 다닌다. 사람들도 마찬가지이다. 바삐 움직이는 사람을 찾기 힘들다. 길을 가다가 아는 사람을 만나면 한참 그 자리에서 수다를 떨기도 하고, 혼자서 하늘을 바라보다 의자에 앉아 쉬는 사람이 지천이다. 그럼에도 불구하고 사람들이 엑상프로방스를 도시라고 부르는 건, 2천 년 가까이 남프랑스, 프로방스 지역의 중심 역할을 해왔기 때문이다.

엑상프로방스 시내 전경

엑상프로방스의 엑스(Aix)는 물이라는 뜻이다. 이 도시는 로마 제국 집정관이었던 가이우스 섹스티우스(Gaius Sextius Calvinus)가 지하수와 온천수를 발견하면서 시작되었다. 북쪽에는 베르동 협곡을 중심으로 물이 내려오고 남쪽엔 지중해가 자리하고 있으니, 물 마를 날이 없는 곳이 딱 이곳이었다. 그래서 오래전부터 로마인에 의해 온천과 공중목욕탕, 그리고 크고 작은 분수가 곳곳에 세워졌다.

엑상프로방스는 지금도 이름답게 백 개 이상의 분수가 물을 뿜어내며 남프랑스의 강한 햇빛을 막아주고 있다. 도시 입구에서 사람들을 맞이하는 '로통드 분수(la fontaine de la Rotonde)'부터 생긴 모습 그대로 불리고 있는 '이끼 분수(la fontaine Moussue)'까지 각각의 모습이 도시의 아름다움을 더욱 자아내고 있다. 매일 아침과 저녁에는 청소부가 소화관에 호수를 꽂아 시원하게 물줄기를 뿜어내며 거리를 청소하는데, 그 모습은 매우 이색적이다. 얼마나 물이 풍부하면 빗자루로 쓸고 담는 청소가 아니라 물로 확 밀어내는 청소를 매일 할 수 있는지, 가던 발걸음을 멈추게 할 정도로 놀랍다. 보기만 해도 상큼해 보이는 로제 와인도 엑상프로방스가 있는 이 지역이 제일 유명하다. 보기만 해도 기분을 싱그럽게 만드는 로제 와인은 깨끗한 물로 만들어야 제대로 된 맛을 낼 수 있다고 한다.

프로방스라는 이름은 라틴어 프로빈치아(Provincia)에서 나왔는데,

미라보 거리의 시작점에 있는 로통드 분수

로마 제국의 속주를 뜻하며 총독이 황제를 대신해 다스리던 도시였다. 이곳은 지리상으로도 로마에서 그리 멀지 않았고 지중해 연안의 갈리아 땅에서 가장 번성한 지역이었다. 그래서 훗날 라틴어 발음이 그대로 굳어져 지금의 프로방스(La Provence)가 된 것이다. 프로방스 지방은 아비뇽에서 니스까지 프랑스 남쪽을 가리킨다. 행정의 중심지로 선택받은 곳은 바로 엑스였다. 그래서 '프로방스 지방의 엑스'라는 뜻을 지닌 '엑상프로방스'라는 도시가 탄생하게 된 것이다. 이곳에 사는 사람들은 간단하게 엑스라고 줄여 부른다.

요즘엔 좋아하는 일이 하나 생겼다. 저녁 무렵, 로똥드 분수 앞에 앉아서 시간을 보내는 것이다. 얼마 전까지 분수를 막아놓고 공사를 하더니만 지금은 아주 말끔해졌다. 긴 의자부터 1인용 의자까지 곳곳에 세워놔서 많은 사람들의 발길을 끌고 있다. 젊은이들이 피자를 펼쳐서 친구들과 함께 나눠 먹기도 하고, 어르신들은 힘든 발걸음에 잠시 숨을 고르기도 한다. 또 지나가던 연인들은 여기에 앉아 마치 한 몸이 된 듯 서로에 기대며 사랑을 속삭인다.

프로방스식 노란 건물들

이제 나도 그중 한 사람이 되었다. 분수를 바라보며, 지나가는 사람을 바라보며 멍하니 있다가 냅다 누워버린다. 그리고 티끌 하나 없는 하늘을 바라보며 갖은 상상을 한다. 푸른 하늘을 보며 지중해 바다가 왜 하늘에 떠 있는지 궁금해하고, 해질녘 붉은 하늘을 보며 달콤 짭짤한 빨간 토마토 스프를 떠올리기도 한다. 가끔은 노을빛이 분홍색으로 펼쳐질 때가 있는데, 마치 내가 화가가 된 것처럼 손가락을 붓으로 삼아 하늘을 휘적거린다.

어느 순간 이런 생각이 들었다. 프로방스 사람들은 얼룩을 깨끗하게 닦아주는 물처럼, 자신의 마음속에 있는 걱정을 물로 씻어내기 위해 여기에 모여있는 게 아닌가 하고 말이다. 그리고 과거와 미래보다는 지금 눈앞에 흐르는 물에 집중하듯이 현재를 즐기려고 노력하는 것처럼 보였다. 물론 지나온 시간과 다가올 일을 걱정하지 않을 수는 없다. 그러나 조금 더 현재에 무게를 싣고 살아간다면 내일 하루는 더 나은 시간을 가질 수 있지 않을까.

나는 '물의 도시'에 살며 조금 더 나은 삶을 사는 방법을 배워가고 있다. 프로방스만의 여유를 즐기고, 이곳 사람들의 생각에 공감하며 나만의 사는 방법을 찾아가고 있는 중이다. 아직은 이 분위기를 더 지켜봐야겠다. 그래도 지금 내가 할 수 있는 건, 분수에서 일어날 때 먼지 묻은 바지를 탁탁 털어내고 어느 때보다 가볍고 힘차게 집으로 돌아갈 수 있다는 것이다.

매년 8월 18일의 도전

드디어 내 프랑스 체류증(Carte de séjour)을 갱신 받았다. 3개월 기다림 끝에 받은 귀한 체류증이다. 벌써 프랑스에 산지 시간이 3년 차, 체류증도 세 번째 갱신이지만 프랑스에서 기다림은 아직도 쉽지 않다. 먼저 아침부터 오후 2시까지만 일하는 경시청에 가서 번호표를 받고 무작정 기다린다. 그리고 차례가 되어 체류증을 갱신하고 싶다고 말하면 준비해야 할 서류 목록을 알려준다. 여권 사본부터 나의 체류를 보증해 줄 기관의 증명서, 경제적 도움을 어떻게 받고 있는지 등 외국인인 나를 증명할 수 있는 모든 서류를 준비해야 한다. 체류증에 인쇄되어 나올 사진도 까다롭다. 배경이 꼭 옅은 회색빛이어야 한다. 한국에서 멋지게 꾸며놓은 사진을 붙여놓고 반려 당한 적도 있었다. 이렇게 모든 걸 완벽하게 준비해서 제출해도 어림잡아 한 달이 걸린다. 그리고 경시청에서 무사히 서류가 통과되었다고 통보가 오면 정식 체류증이 나오기까지 약 3개월 이상 또 걸린다. 참 복잡하다. 그래서 내가 첫 마디로 '드디어'라는 말을 붙일 수밖에 없었다.

첫 체류증을 갱신할 때 기억을 아직도 잊지 못한다. 프랑스어도 잘하지 못하는데 체류증마저 어떻게 갱신하는지 몰라서 많이 헤맸었다. 인터넷에 검색도 많이 해보고, 프랑스에서 여러 해 동안 산 한국 사람들에게 물어보기도 했다. 심지어 경시청 직원과 만나서 생길 여러 상황을 약 열 가지 정도로 미리 상상해 보고 연습까지 했었다. 그럼에도 불구하고 서류를 제출하러 경시청에 갈 땐 프랑스 친구들에게 같이 가달라고 도움을 요청할 수밖에 없었다. 이렇게 번거로운 과정과 여러 도움이 있었지만 내 서류엔 항상 문제가 있었다. 기숙사 우편함에 반송된 서류봉투가 참 허탈했고, 어떤 때는 화가 매우 나기도 했었다. 스스로 제대로 준비하지 못한 자책과 함께 프랑스의 복잡한 사회를 향한 분노였다. 그러나 내 분노를 겉으로 드러낼 수는 없었다. 내 체류증이 흔치 않은 유형이기 때문에 충분히 내 서류에 문제가 생길 수도 있다는 생각을 여러 번 예상했었기 때문이다.

대개 한국인은 프랑스에서 세 가지 유형의 체류증을 받는다. 장기 유학이나 교환 학생으로 왔다면 학생 비자, 일하러 왔다면 취업 비자, 마지막으로 내가 갖고 있는 방문자(Visiteur) 비자다. 방문자 비자도 여러 유형으로 또 나눠지는데, 나는 종교 초청 방문자 비자를 가지고 있다. 프랑스 가톨릭교회가 나를 초청해서 프랑스에 살고 있기 때문이다.

내 비자 유형이 흔치 않다는 건, 주한 프랑스 대사관에서 비자 발급 요청을 했을 때 알게 되었다. 프랑스로 떠나기 6개월 전, 긴장된 마음으로 대사관을 방문했었다. 워낙 대사관 직원들이 불친절하고, 화도 잘 내고, 까다롭다는 소문이 자자했기에 더 긴장할 수밖에 없었다. 내가 대사관을 방문했을 때도 역시나 대사관 내의 공기는 무거웠고, 직원은 나에게 말을 쏘아 대며 이것저것 물어보기 시작했었다.

"프랑스에 왜 가려고 해요?"

"종교 방문자 비자는 자주 있는 게 아닌데 어떻게 받아서 가는 거예요?"

"서류가 잘못되거나 비자 거부를 당해도 저희 대사관은 아무런 책임을 지지 않습니다."

마지막 말은 무서운 말이었다. 프랑스에 갈 수 있는지 없는지는 모두 내 책임이라는 말처럼 들렸다. 다행히 나는 한 달 뒤에 프랑스 입국 비자를 받을 수 있었다.

세 번째 체류증을 들고 나를 후원해 주는 가톨릭 기관의 책임자를 만나러 갔다. 매년 그랬듯이 체류증 사본을 기관 사무실에 보관하기 위해서다. 나는 사무실의 문을 열자마자, 첫해보다 더 쉽게 더 빠르게 받은 체류증을 자랑하듯 꺼내 들었다.

"봉쥬! 이것 봐, 드디어 세 번째 체류증이야!"

순간 프랑스에 처음 발을 딛고 지금까지 살아온 시간이 내 머릿속을 스쳐 지나갔다. 분명 빛보다 빠른 속도로 수많은 기억들이 떠오르고 지나갔다. 내 앞에 앉아 있던 후원 기관의 책임자는 그런 나의 마음을 읽었는지 위로해 주듯 애써 웃으며 말했다.

"그러게, 벌써 세 번째야? 시간 참 빠르다. 이제 1년마다 체류증을 갱신해야 할 일은 몇 년 남지 않았을 걸. 네가 5년 차가 되는 때부터 10년짜리 장기 체류증이 나올 거야."

이 말을 듣는 순간, 마냥 기쁘기보다 내 머릿속이 멍해졌다. 그저 나에게 언제 5년 차가 다가올지 막막했다. 분명 조금 전까지만 해도 지난 시간들이 빛보다 빠르게 지나갔는데, 앞으로 올 시간들은 너무 천천히 다가오는 것 같았다. 어쩌면 프랑스에서 보낸 시간이 쉽지 않았기에 미래도 쉽지 않을 거라는 걱정에서 오는 두려움이었을지도 모른다. 연장된 체류증을 받은 날, 이렇게 나는 과거와 미래의 중간에 서 있었다.

새로운 체류증엔 새로운 사진과 함께 언제나 8월 18일이 찍혀있다. 8월 18일. 한국을 떠난 날짜이자 프랑스에 도착한 날짜다. 한국을 떠날 때 슬펐던 기억과 프랑스에 도착했을 때 기대감에 가득 찼던 날짜다. 또 체류증을 갱신해야 하기에 또다시 서류와 전쟁을 해야 하는 날짜다. 무엇보다 새로운 마음으로 새 시간을 받아들이기 딱 좋은 날짜다. 그래서 나는 8월 18일을 좋아하기로 했다.

이런 바게트 인생 같으니

프랑스는 분명 세계 상위권 안에 드는 경제 대국이다. 이를 우리는 선진국이라고 부른다. 프랑스의 민주주의 체제를 포함해서 산업 기술은 세계 여러 나라에 영향을 끼쳤다. 대표적으로 우리나라는 고속철도 사업을 시작하면서 프랑스 기업을 선정했고, 프랑스 고속열차를 그대로 도입했다. 그러나 이제는 우리나라도 대부분의 영역에서 프랑스를 앞질렀거나 동등한 위치에 서있는 듯하다. 우리나라도 선진국 대열에 당당히 들어서게 된 것이다. 그래서 나는 유학을 가서 공부하겠다는 결심을 할 때 프랑스에서 잘 적응할 거라고 자신했다. 대한민국이라는 선진국에서 프랑스라는 선진국으로 장소만 옮길 뿐인데, 어떤 어려움이 내 앞을 가로막겠냐는 거였다. 언어와 문화 차이만 이겨내면 된다는 생각을 가지고 프랑스에 당당히 발을 디뎠다. 하지만 선진국이라도 다 같은 선진국은 아니었다. 각자가 잘할 수 있는 부분에서만 선진국이었던 것이다.

프랑스에 처음 도착해서 나를 맞이한 것은 떼제베(TGV) 고속열차였다. 파리 샤를 드골 공항에서 엑상프로방스로 가야 했기 때문이었다. 나는 기존에 유럽 곳곳을 여행하던 기억을 떠올리면서 마치 현지인인 양 자연스레 기차역으로 갔고, 익숙한 듯 아무 표정 없이 내 기차표와 전광판에 나오는 기차 시간을 번갈아 봤다. 기차가 도착할 시간이 될 무렵, 전광판에는 기차가 연착되었다는 문자가 떴다. 누가 봐도 빨간 글씨로 늦는다는 공지였다. 남프랑스로 가야 할 길이 먼데, 기차가 늦는다는 소식에 어안이 벙벙해졌다. 고속 기차는 1시간이 지나도, 2시간이 지나도 오지 않았다. 3시간 반이 지나고 나서야 엑상프로방스행 고속열차가 도착했다. 나는 오랜 시간을 기차역에서 허비한 것에 너무 화가 나 있는 상태였다. 진땀을 흘리고 얼굴은 벌게졌으며, 씩씩거리는 숨소리가 옆 사람까지 들릴 정도였다. 나는 어찌해야 할 바를 몰라서 주변을 두리번거리다가 어떤 프랑스 사람과 이야기를 나눌 수 있었다. 그도 엑상프로방스에 가는 모양이었다. 이때다 싶어 나는 나의 온갖 불만을 그에게 털어놓기 시작했다. 갖은 내 불만을 다 들은 그 프랑스인은 간단하게 딱 한마디 했다. "이건 일상적인 일이야!(C'est normal!)"

열차가 연착된 이유는 노동자들이 파업을 했기 때문이었다. 파업은 프랑스에서 흔히 일어나는 일 중에 하나이다. 봄과 가을이 되면 철도청을 포함해서 공항까지 공공 부문에서 일하는 대부분의 노동자들이 파업을 한다. 마치 날짜를 미리 정하기라도 했는지 같은 날 파업이 일어나지는 않고 서로 피해 가며 파업이 일어난다. 프랑스 노동자들이 파업을 하는 이유는 크게 몇 가지로 나눈다. 첫 번째로 임금 문제, 두 번째로 근로시간 문제, 세 번째로 정부 정책에 반대하기 위해서다. 그런데 대부분의 프랑스 사람들은 불편함을 충분히 감수한다. 파업하는 사람들에게 자신의 불편함을 드러내면서 화를 내기보단 파업이 잘되기를 바란다는 응원의 한마디를 건넨다. 파업을 주로 봄과 가을에 하는 이유도 있다. 여름과 겨울은 프랑스에 찾아오는 관광객이 많기 때문에 그들에게 큰 피해를 주지 않기 위해서다. 노동자와 이용자 간의 암묵적인 합의가 지금의 선진 노동 환경을 만들어 냈다.

그럼에도 불구하고 프랑스 사람들은 일을 너무 안 한다. 격한 표현을 쓰자면 일을 열심히 안 해도 프랑스는 먹고살 수 있을 거라고 생각한다. 사실 공기업에서 일하는 직원들은 쉽게 해고를 당하지 않으니 어느 정도 맞는 말일 수도 있겠다. 지난 5월, 프랑스 국회 하원에서는 공무원들이 주 35시간 근무를 강제로 할 수 있는 법안이 통과됐다. 이는 에마뉘엘 마크롱이 대통령으로 취임한 이후 추진하고 있는 공무원 개혁의 일환이었다. 프랑스는 원래부터 주 35시간 근무를 실시하고 있었지만, 공무원들은 이조차도 지키지 않고 근무를 하고 있었던 것이다. 오죽하면 늦게 출근하고 빨리 퇴근하는 게 프랑스 공무원이라는 얘기가 나돌 정도였다.

프랑스에서 모든 것을 처음 시작하는 한국 사람들은 한목소리로 말한다. "프랑스 사람들은 일 처리가 너무 느려요. 그리고 너무 일을 안 해요!" 나는 아직도 프랑스에서 첫해를 보낼 때 은행 계좌를 열던 기억을 잊을 수가 없다. 프랑스에서 계좌를 만들려면 최소 3주 이상 걸린다는 얘기를 많은 유학생들로부터 익히 들었기 때문에, 나도 단단히 마음을 먹고 프랑스 은행에 갔었다. 프랑스는 모든 행정 시스템을 처리하기 위해서 약속 시간(Rendez-vous)을 필요로 했었다. 그래서 나는 내 이름과 연락처를 남기고 은행에서 약속 시간을 잡아주기를 기다렸다. 그런데 한 달이 지나도 연락이 오지 않았고, 다시 은행을 방문해서 똑같은 절차를 여러 번 거쳤었다. 결국 3개월이 지나도록 아무런 연락이 오지 않자 내 프랑스 친구는 "아무래도 프랑스 은행 직원들이 연말이라 일을 안 하는 것 같다."며 은행 지점을 바꿔보라고 했다. 나는 바로 옆 동네에 있는 은행에서 같은 절차로 약속 시간을 신청했고 1주일 만에 은행에서 약속 시간을 받아 계좌를 만들 수 있었다.

그때로부터 몇 년이 지난 지금까지도 나는 행정 처리가 굉장히 어렵다. 매년 경시청에 가서 체류증을 연장할 때도 스트레스를 받는다. 서류 한 장이라도 잘못되지 않게 하려고 노력한다. 게다가 경시청에 가서 행정 처리를 한다고 하더라도 굉장한 오랜 시간을 기다려야 한다. 번호표를 뽑고 기다리는 시간, 서류를 제출하고 확인받기까지의 시간 등 모든 것을 포함하면 최소한 1시간을 기다리는 데 쓰는 것 같다. 그래서 나는 공공 기관에 갈 때 꼭 챙기는 게 하나 있다. 바로 책이다. 이때만큼 책이 잘 읽히는 시간이 없다. 마치 한국에서 출퇴근할 때 지하철에서 잠시 책을 읽는 재미와 같다고 말할 수 있을 것이다. 한국 사람이라면 여기서 의문 한 가지를 가질 수 있다. 기다리는 시간에 스마트폰으로 인터넷을 하면 되지 않냐는 거다. 하지만 여기에도 이유가 있다. 프랑스 통신과 인터넷은 우리나라만큼 좋은 환경이 아니다. 그래서 모든 건물 내에선 휴대폰이 안 터진다. 언젠가 파리 지하철을 이용할 때 책을 읽는 빠리지앵들을 많이 봤을 것이다. 대개 한국 사람들은 그들을 보고 '역시 프랑스는 지성의 나라야!'라고 감탄할 수 있겠지만, 사실 지하철에서도 휴대폰을 사용할 수가 없다. 그래서 그들은 책을 들고 기다림을 즐기고 있는 것이다. 나는 프랑스 사람들처럼 아직까지도 기다림을 즐기지 못해서 늘 이렇게 말한다. "하도 인내를 많이 해서 나는 부처님이 될 수 있을 것 같아!"

그래도 내 경험상, 프랑스 사람들이 정확하고 빠르게 처리하는 일이 딱 두 가지 있다고 생각한다. 첫 번째는 휴가고, 두 번째는 바게트 빵이 나오는 시간이다.

다양한 사람을 만날 수 있는 미라보 거리

프랑스 사람들에게 주말은 반드시 지켜야 하는 휴식의 시간이다. 우리나라처럼 일요일 낮에 친구 집에 갑자기 가서 놀자고 하면 십중팔구 싫어한다. 이런 우스개 이야기도 있다. 어떤 미국 사람이 프랑스 기차역에서 해진 옷을 입고 바닥에 앉아 있는 프랑스 사람을 발견했다. 딱 봐도 구걸을 하는 사람이었다. 딱한 마음을 가진 미국 사람은 거금 100달러를 구걸하는 사람에게 내놓았지만, 그는 그 돈을 거절하며 한마디 했다고 한다. "오늘은 일요일이라 쉽니다." 프랑스인이 생각하는 주말의 개념을 충분히 이해할 수 있는 이야기다.

프랑스 빵집은 휴일보다 더 중요한 위치에 있다. 공휴일에도 빵집 주인들이 서로 번갈아 가면서 쉬기 때문에 빵집 문은 항상 열려있다. 프랑스 사람들의 주 먹거리라고 할 수 있는 바게트(Baguette)는 칼 같이 정확한 시간에 나온다. 아침, 점심, 저녁 식사가 시작되기 직전에 많은 사람들이 빵집 앞에서 신선한 빵을 사기 위해 기다린다. 내가 생각하기에도 프랑스 빵은 세상에서 제일 맛있다. 세계 여행을 나름 많이 해봤지만, 프랑스만큼 신선하고 겉과 속이 다른 빵을 만나 본 적이 없다. 바게트뿐만 아니라 빵 오 쇼콜라(Pain au chocolat), 크루아상(Croissant), 깜빠뉴(Pain de campagne), 브리오슈(Brioche) 등 모든 빵이 하나같이 개성 있고 맛이 좋다. 여기에 그럴만한 이유가 있다. 빵은 곧 프랑스를 대표하는 먹거리이기에, 프랑스 정부에서 빵 하나하나에 만드는 방법을 규제했기 때문이다. 예를 들어 프랑스 전통 바게트는 1993년에 선포

새벽녘에 빵집에서 빵을 기다리고 있는 사람

된 법령에 따라 밀가루, 물, 효모 그리고 소금만 사용해야 한다.

프랑스는 분명 선진국이다. 이 사회에서 불편한 점이 있는 것은 분명 이유가 있다. 사람을 소중하게 여기는 인본주의가 크게 퍼져있기 때문이다. 사실 사람의 행복과 삶의 만족감만큼 가장 좋은 가치는 없을 것이다. 그 가치를 현실화시키고 지금까지도 계속 노력하는 프랑스 사람들이 굉장히 존경스럽다. 그래서 나는 지금 내가 살아가는 프랑스 인생을 '바게트 인생'이라고 부르기로 했다. 흔하디흔한 바게트 빵이지만, 정확하면서도 불편함까지 담겨있는 프랑스 만의 철학을 배우고 있다. 또 그걸 즐기는 프랑스 사람들의 여유를 닮아보고자 하는 바람이 있다. 그래서 나는 오늘도 외친다. '이런 바게트 인생 같으니라고!'

책임감 있는 자유로움

프랑스만큼 휴가가 많은 나라가 또 어디 있을까. 프랑스는 휴가의 정점이라고 할 수 있는 여름에, 직장인들이 휴가를 한 달이나 보낼 수 있도록 법적으로 보장하고 있다. 이 시기를 '그랑 바캉스(les grandes vacances)'라고 부른다. 그래서 7월과 8월엔 프랑스 사람들이 정작 프랑스에 거의 없다.

학생들은 그보다 더 많은 방학이 있다. 9월 중순부터 말 사이에 1학기가 시작되면 새로운 반에서 새로운 친구들과 서서히 알아갈 때쯤 바로 '뚜썽(la Toussaint) 방학'을 맞이한다. 반드시 11월 1일이 껴있는 10월 말에 1주일간 방학을 가지는데, 가톨릭교회가 매년 11월 1일에 모든 성인(Saint)들을 기념하는 날에서 유래했다. 이 시기에 학생들은 가족들과 조상들이 쉬고 있는 공동묘지에 가서 영원한 안식을 빌어주고 돌아온다.

추운 겨울바람이 프랑스 전역을 휘어 감을 때 학생들은 '노엘(Noël) 방학'을 2주에서 3주간 보낸다. 프랑스에서 노엘은 크리스마스를 의미한다. 프랑스는 12월 24일 크리스마스 전날 밤에 모든 가족과 친인척이 성당에 가서 크리스마스 미사를 드리고 저녁을 먹는 전통이 있다.

새해가 막 시작되는 1월 초·중순에 2학기가 시작된다. 그리고 봄이 올락 말락하는 2월 중순이 되면 또 방학을 한다. 나라에서 겨울이 가기 전에 스키를 타고 오라고 공식적으로(?) 보내주는 '스키 방학'이다. 날짜는 눈이 녹는 시기가 매년 다르기 때문에 조금씩 바뀐다.

꽃잎이 개화를 시작하고 어느덧 따뜻한 봄바람이 불 즈음이면 가톨릭교회는 부활절을 맞이한다. 역시나 프랑스가 가톨릭 국가였기 때문에 학생들은 3월 중순에서 4월 초·중순 부활절(부활절 날짜는 매년 변경된다.)에 맞춰 '부활절 방학'을 2주간 보낸다. 그 밖에도 프랑스 국가공휴일인 5월 1일 노동절, 5월 8일 전승 기념일, 부활절 이후 40일째가 되는 예수 승천일, 7월 14일 프랑스 혁명 기념일, 8월 15일 성모 승천일, 11월 11일 제1차 세계대전 종전 기념일, 그리고 6월 말부터 시작하는 여름 방학까지 포함하면 프랑스 학생들은 1년 중 절반을 휴가로 보내는 꼴이 된다.

나는 방학 때마다 한국에 갈 수 없어서 프랑스 주변에 있는 여러 나라를 여행한다. 영국, 독일, 스페인, 이탈리아, 스위스 등 10만 원 안쪽으로 비행기 왕복 티켓을 구매할 수 있다. 게다가 우리나라에서는 외국을 가려면 무조건 비행기를 타야 하고 환전하랴, 비자 발급하랴, 휴

엑스 라또르스(la Torse) 공원에서 쉬고 있는 사람들

대폰 로밍하랴 여러 가지 준비사항이 많지만, 유럽은 그렇지 않다. 유럽연합 내에서 모든 비자가 면제되고, 화폐도 대부분 통일되어 있고, 휴대폰도 어느 나라에서든지 사용할 수 있다. 그저 나는 옆 동네에 놀러 가는 기분으로 가방 하나만 메고 가볍게 유럽을 여행하고 있다. 그

리고 방학을 마치고 오면 바로 그다음 방학을 위해 비행기표를 찾아보는데, 그 재미가 얼마나 쏠쏠한지 모른다.

이런 모습을 지켜보는 내 가족들과 친구들은 한동안 나를 염려한 적도 있었다. 공부는 하지 않고 맨날 놀러 다니는 것으로 보고 있었기 때문이다. 나랑 연락이 될 때마다 런던에 있고, 또 마드리드에 있고, 파리에 있고, 제네바에 있고, 로마에 있으니 분명 홍길동이 아닌 이상 불가능한 일을 나는 하고 있었다. 그럴 때마다 나는 프랑스엔 한 달 반마다 방학이 있어서 가능한 일이라고 설명하느라 바빴다.

한국에서 방학과 휴가의 의미는 단순히 쉬기 위한 시간이 아니라 복잡하고 어지러운 사회를 떠나는 의미가 강하다. 즉, 내가 있는 자리에서 휴가지로 도피하는 것이다. 하지만 프랑스 사람들에게 휴가의 의미는 자기가 맡은 책임을 끝까지 해낸 자신에게 주는 선물이다. 현실이 싫어서, 지금 이 순간이 힘들어서 떠나는 게 아니라 내가 있는 자리를 더 견고히 하기 위해 떠난다. 그래서 나는 이런 프랑스 사회를 '책임감이 있는 자유로움'이라고 부르고 있다.

나도 여타 다른 직장인들처럼 한국에서 치열한 직장 생활을 했다. 돈을 벌기에 바빴고, 인맥 관리를 하느라 정신적으로 힘들었다. 그런데 이제 '나'라는 한국인도 책임감 있는 자유로움을 즐기고 있다. 휴가

엑스 프랑수와 비용(Franois Villon) 광장에서 춤추는 사람들

때마다 나가는 여행은 프랑스어를 열심히 공부했고, 대학교에서 수업 듣느라 고생했고, 또 프랑스라는 새로운 환경에서 책임감 있게 잘 적응한 나에게 주는 선물이다. 더불어 책임감 있는 자유는 늘 휴가만 기다리지 않고 휴가가 끝나고 다시 돌아갈 일상도 기대하며 살아갈 수 있게 해준다. 비가 온 뒤 땅이 굳는 것처럼, 내가 살짝 비운 사이에 여러 지식들이 내 몸 어딘가에서 잘 자리 잡는 것 같다. 스치듯 지나간 프

랑스어 단어가 번쩍 생각나고, 하나도 들리지 않았던 수업 내용이 조금씩 들리기 시작한다. 또 어느새 프랑스의 독한 치즈는 달콤하고 고소한 맛으로 변신해서 내 입을 즐겁게 한다. 과연 엑상프로방스 출신의 작가, 에밀 졸라(Emile Zola)가 한 말은 사실이었다. "여행만큼 지성을 자라나게 하는 것은 없다. (Rien ne développe l'intelligence comme les voyages.)"

아마도 프랑스 국민들은 나보다 더 많은 것을 느끼고 성장하며 살아갈 게 뻔하다. 모든 시간을 열심히 사는 삶, 설렘이 가득한 삶. 바로 이것이 프랑스에 휴가가 많은 이유다.

아이에게 인사부터 가르치는 프랑스 교육

서양 문화권에 있으면 누구나 느끼는 게 하나 있다. 서양 사람들은 인사를 참 잘한다는 거다. 모르는 사람들끼리도 반갑게 인사하고, 길에서 살짝 부딪혔는데도 미안하다고 사과한다. 프랑스는 길에서 모르는 사람들끼리 마주치면 "봉쥬!(Bonjour!)" 하며 반갑게 인사하는데, 한마디를 더한다. "싸바(Ça va)?", "잘 지냈어?"라는 뜻이다. 분명 모르는 사람인데 서로에게 잘 지냈냐고 안부를 묻는다. 이에 상대방은 "응, 나는 잘 지냈어.(Oui. Ça va.)"라고 친절하게 대답한다. 그리고 여기서도 한마디 덧붙여서 말한다. "고마워!(Merci!)" 자신에게 안부를 물어봐 줘서 고맙다고 인사를 덧붙이는 거다.

길을 걷다가 신체의 어딘가를 상대방과 살짝이라도 부딪히면 "빠흐동!(Pardon!)"이라고 표현한다. "미안해!"라는 뜻이다. 어떤 사람은 "빠

호동! 익스큐즈무아!(Pardon! Excuse-moi!)"라고 길게 말하기도 한다. "미안합니다! 실례했습니다!!"라는 뜻이다. 보통은 미안하다는 말만 듣고 자기 갈 길을 가지만 대부분의 프랑스 사람들은 여기에 대답을 해준다. "저는 괜찮아요.(Ça va, bien.)"라고 말이다.

프랑스어 '빠흐동(Pardon)'은 원래 '용서', '사죄'라는 뜻이다. 그러니깐 내가 길에서 "빠흐동!"이라는 말을 들었다면 "내가 잘못했으니 용서해줘!"라고 말한 걸로 해석해도 무방하다. 이 단어는 길에서뿐만 아니라 프랑스 사회 곳곳에서 사용하고 있다. 예를 들어 뒤를 돌아봤는데 다른 사람이 있어서 놀랄 때도 "빠흐동!", 기침을 해도 "빠흐동!", 밥을 먹다가 물병을 가지러 옆 사람 쪽으로 팔을 뻗어도 "빠흐동!", 조용한 가운데 물건을 떨어뜨려서 이목이 집중돼도 "빠흐동!"이라고 말한다. 내가 무언가 조금이라도 다른 사람에게 피해를 준다고 생각하면 무조건 "빠흐동!"이라는 말을 한다.

프랑스 사람들은 "메르씨(Merci)"라는 말도 "빠흐동!"에 못지않게 많이 쓴다. "고마워!"라는 뜻이다. 친구가 떨어진 내 연필을 주워줘도 "메르씨!", 밥 먹다가 옆 사람으로부터 물을 건네 받아도 "메르씨!" 내가 돈을 내고 산 음식인데도 받을 때 무조건 "메르씨!"라고 말한다. 음식점이나 매장을 나올 때도 "메르씨!"라고 말하지만, 여기서는 한마디 덧붙이는 게 의무다. 아침에는 "본느 쥬르네!(Bonne journée!), 좋은 하루 보내세요!" 점심에는 "보나프레 미디!(Bon-après midi!), 좋은 오후 되세요!" 저녁에는 "본느 수아헤!(Bonne soirée!), 좋은 저녁 되세요!"를 말해야 한다.

어쩌면 과잉 친절이라고 말할 수도 있겠다. 그러나 우리나라도 어른들이 "인사 많이 한다고 싫어하는 사람이 없다."라고 말씀하셨던 것처럼, 인사는 누구에게나 긍정적인 영향을 준다. 도움을 주고 싶다면 더 도움을 주게 되고, 화를 내고 싶어도 덜 내게 된다. 그렇다면 프랑스 사람들이 어떠한 상황에서든 인사를 자연스럽게 할 수 있는 이유는 무엇일까. 내가 프랑스 가정집에서 식사 초대를 받았을 때 그 이유를 찾을 수 있었다. 바로 어릴 때부터 받아온 가정교육이다.

식사 시간에 프랑스 식탁은 우리나라랑 매우 다르다. 여러 반찬이 놓여 있어서 서로 젓가락질하며 먹는 우리와 달리, 프랑스는 큰 그릇에 담긴 메인 음식을 자기 접시에 먹을 만큼 담는다. 나를 식사에 초대해 준 그 가정은 아이들이 여럿 있었는데, 바로 내 옆에 옹기종기 앉아서 밥을 같이 먹고 있었다. 나는 내 접시에 음식을 담고 옆에 앉은 아이에게 메인 음식이 담긴 그릇을 건네줬다. 그런데 갑자기 아이의 아버지가 나타나서 그릇을 붙잡고 아이에게 주지 않으려고 하는 것이다. 아버지는 아이에게 물었다.

"지금 너는 어떻게 말해야 하지?"

"…"

"지금 이분에게서 그릇을 받았잖아. 넌 뭐라고 해야 하냐고?"

"메흐씨!(Merci!)요."

아버지는 다시 아이에게 물었다.

"맞아. 근데 넌 지금 고맙다는 말을 바로 안 했어. 그럴 땐 뭐라고 말해야 하지?"

"빠흐동!(Pardon!)이요."

눈앞에서 벌어지는 밥상 교육이었다. 아이의 아버지는 그 이후에도 여러 번 나타나서 아이에게 인사하는 법을 가르쳤다. 아는 사람뿐만 아니라 모르는 사람에게까지도 인사를 잘해야 한다는 게 아이 아버지의 교육이었다. 나는 이런 교육법이 매우 낯설었다. 우리나라 밥상에서는 아니, 일상생활에서도 흔하지 않은 이런 교육이 매우 신기했다. 순간 어릴 때부터 이뤄지는 인사하는 교육이 프랑스 사회에서 흔한 일인지 궁금했다. 나는 아이가 살짝 자리를 비웠을 때 앞에 앉은 프랑스 사람에게 물었다.

"보통 저렇게 아이 교육을 시켜?"

"당연하지. 인사는 기본 아니겠어? 이걸 제대로 못 하는 프랑스 사람은 절대 프랑스 사람이 아니야."

나는 어릴 때 이런 식의 교육을 받았던 기억이 없다. 수직적인 관계가 대부분인 우리나라 사회에서 어떻게 예의있게 행동해야 하는지 부모님과 학교 선생님에게 배웠던 기억만 남아 있다. 어른이 주는 건 두 손으로 받아야 하고, 어른에게 인사는 반드시 허리를 굽혀야 하며, 어른 앞에선 두 손을 공손히 모으고 남자는 왼손을 올려야 한다는 식의 교육이었다. 밥상에서는 가장 어른이 먼저 수저를 들어야 하고, 수저를 시끄럽게 들거나 놓지 않아야 하며, 밥 먹을 땐 너무 많은 말을 하지 말아야 한다는 말을 수 없이 들었다.

우리나라에서 예의는 웃어른을 향한 존경의 몸짓이다. 나랑 동갑인 사람, 나보다 어린 사람, 무엇보다 모르는 사람을 향한 예의는 들어본 적이 거의 없다. 하지만 프랑스의 예의는 나이를 불문하고 누구에게나 인사를 제대로 해야 한다는 것에서 시작된다. 어쩌면 프랑스가 오래전부터 인문학의 중심이 될 수 있었던 건 사람과 사람을 평등한 관계에서 서로 존중해 주는 인사가 있었기 때문이라고 생각한다. 나도 만약에 어릴 때 인사부터 잘하는 교육을 받았다면 지금 어떻게 살고 있을까. 프랑스에서 조금 더 원활한 인간관계를 만들면서 살고 있지 않았을까 싶다. 지금 나는 프랑스에 와서 마치 어린아이가 된 듯, 아이들이 배우는 기본 인사부터 차근차근 배워나가고 있다.

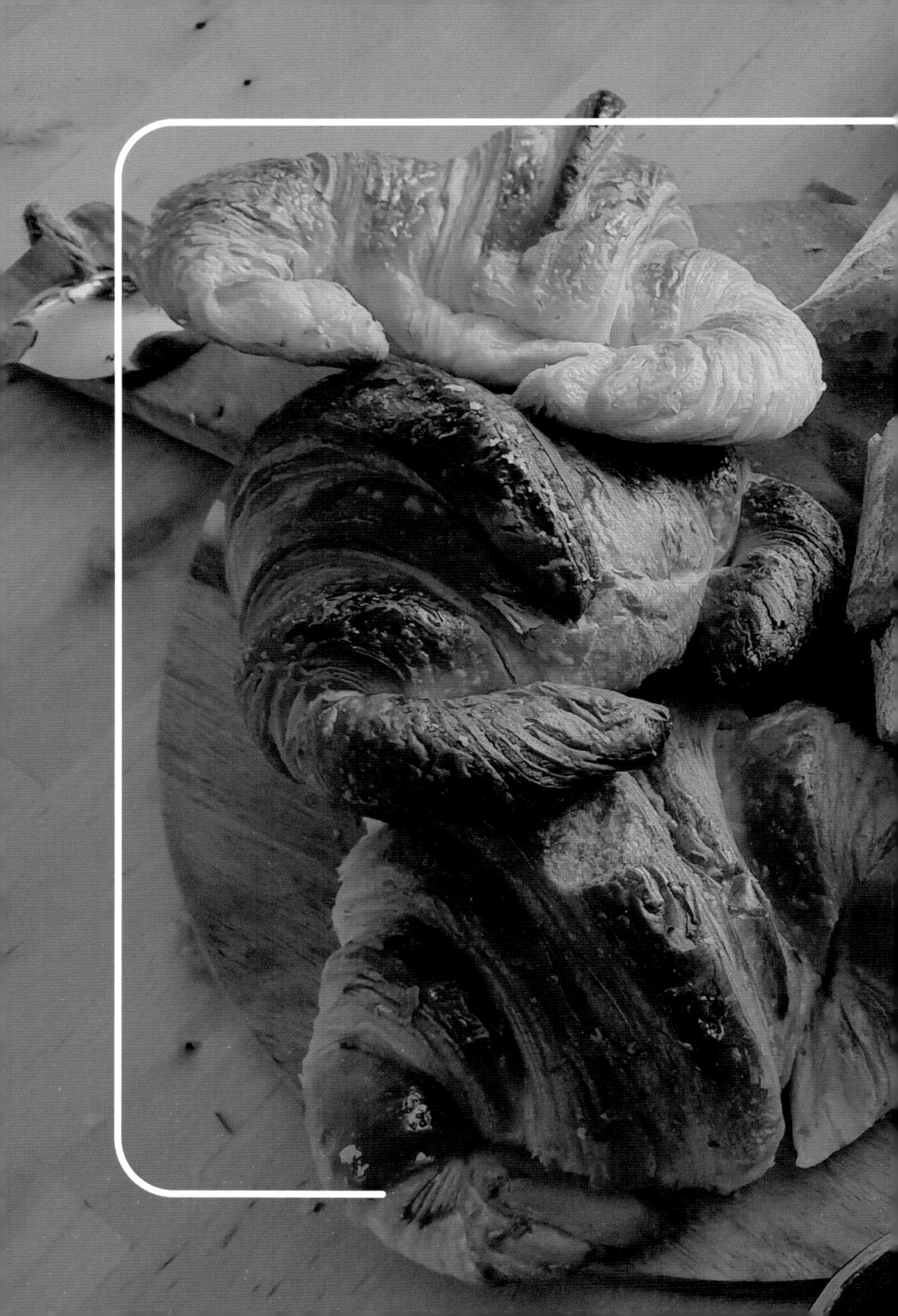

Part 2

프로방스 맛보기

다채로운 프로방스 상징과 음식

엑상프로방스에는 일주일에 세 번씩 아침 시장이 열린다. 상인들은 햇볕이 잘 드는 작고 큰 광장마다 파라솔을 설치하고 장사할 준비를 한다. 파는 물건에 따라 좌판을 설치하는 장소도 다르다. 미라보 거리에서는 각종 옷과 생활용품, 오래된 책을 판다면, 시청 앞 광장과 법원 앞 광장에서는 신선한 채소와 고기, 생선을 판다. 요일은 다르지만, 시청 앞 광장에서는 꽃시장도 열린다.

나는 가능한 아침 일찍 일어나 산책을 하며 모든 시장을 돌아본다. 혹여나 늦잠을 자거나 이른 아침부터 다른 일정이 생기더라도 시장을 정리하는 늦은 시간에라도 가서 구경하려고 한다. 계절에 따라 시장에 내놓여지는 물건이 다르기 때문에 시장을 한 바퀴 돌고 나면 프로방스의 정취를 한 아름 안는 기분이다. 시장에서 가장 재미있는 건 이야기

엑스 시청 앞 광장에서 열리는 꽃 시장

를 주워듣는 거다. 장을 보러온 할머니와 아주머니들은 고개를 빼꼼 내밀고 상품을 살펴보고 있는 나를 신기한 듯 쳐다본다. 아시아 사람인 젊은 남자가 장터에서 시간을 보내고 있는 게 신기해 보여서 그런 것 같았다. 가끔은 마담들과 인사를 하면서 말을 트게 되는데, 이때다 싶었는지 나에게 프로방스의 온갖 정보를 알려주느라 정신이 없다.

엑스 법원 앞 광장에서 열리는 채소, 과일 시장

프로방스 지역은 오랜 시간 독립국이었다. 흔히 프랑스 하면 생각나는 모습과 다른 문화, 음식, 상징을 갖고 있다. 자체 언어인 프로방살(Provençal)도 아직 사용하고 있는데, 우리나라처럼 사투리가 아닌, 완전히 다른 언어로서 보존되고 있다. 지중해에 인접한 프로방스는 천혜의 자연환경을 갖고 있지만, 여름이면 뜨겁게 올라가는 온도와 겨울과 봄에 불어오는 미스트랄(Mistral) 바람은 사람들을 힘들게 한다. 그런데 이 미스트랄 바람이 지나가는 경로가 흥미롭다. 누군가 길을 일부러 만들어 놓은 것처럼, 프랑스 내륙에 퍼져있는 산맥의 골짜기가 남쪽으로 안내한다. 그래서 미스트랄은 좁디좁은 산골짜기들을 거치면서 더 큰 힘을 키우게 되고, 마지막엔 프로방스 지역을 거쳐 지중해로 빠져나간다. 얼마나 힘이 강력한지 미스트랄이 세게 불 때는 고속도로 위를 달리던 자동차가 뒤집어질 정도다.

할머니들은 미스트랄 바람이 매미가 만들어 낸 거라고 입을 모은다. 프랑스 남쪽에만 서식하는 매미는 날갯짓을 할 때마다 미스트랄 바람이 휙~ 하고 오는 게 아니냐는 거다. 또 한편으로는 더운 여름 매미가 날갯짓을 해줌으로써 우리에게 시원한 바람을 일으켜주는 고마운 존재라고 여기기도 한다. 정말로 가능한 일인지 과학적으로 밝혀진 바는 없다. 아마 아주 오래전부터 프로방스 지방에 살던 사람들의 속언일 것이다. 그렇지만 프로방스 사람들은 바람과 매미를 자기네 상징으로 여기고 있다. 관광객들이 자주 찾는 기념품 가게는 아예 바람을 일으키는 매미를 크고 작은 석고 인형으로 만들어서 팔고 있다.

프로방스는 음식도 아주 유명하다. 끝내주는 햇살과 풍부한 영양이 담긴 석회질 토양은 프랑스 북부에서 보기 힘든 여러 작물을 자라게 해주고 있다. 대표적으로 올리브, 아티초크, 토마토, 가지, 마늘, 각종 콩과 샐러드 등이 있다. 북쪽에서는 왜 안 자라냐고 궁금할 수도 있는데, 파리만 보더라도 해가 잘 뜨지 않고 날씨가 금세 추워져 작물이 잘 자라지 못한다. 그래서 프로방스를 상징하는 음식은 채소를 중심으로 알

록달록하다.

내가 자주 먹었던 음식은 '라따뚜이(Ratatouille)'다. 귀여운 쥐가 '라따뚜이'를 요리하는 영화로도 유명해져서 우리에게 꽤 익숙한 이름이다. '라따뚜이'는 프로방스 중에서도 엑상프로방스의 전통 음식이다. 요리 방법은 아주 간단하다. 올리브기름을 이용해서 각종 야채를 볶고 마지막에는 토마토로 스튜처럼 끓이기만 하면 된다. 그런데 여기서 가장 중요한 점이 하나 있다. 바로 모든 야채는 프로방스 땅에서 나고 자란 걸로 요리해야 한다는 것이다. 올리브기름조차도 남프랑스 지중해 연안에서 짠 게 아니라면 진정한 '라따뚜이'라고 부르지 않는다. 고기도 안 들어가고 오직 야채로만 요리된 음식이지만 꽤 강렬한 맛을 준다. 달콤하고 시큼하면서 고소한 맛이 한데 어우러진다. 그런데 '라따뚜이'는 고급 음식이 아니다. 아이들이 놀다가 집에 돌아와서 든든히 한 끼 간식으로 먹을 수 있는 가정식 요리다.

마르세유는 지중해에 인접한 도시 중에 가장 오래되고 큰 도시다. 바다 도시인 만큼 어딜 가나 생선 비린내가 코를 찌른다. 이곳의 전통 음식은 '부야베스(Bouillabaisse)'라는 해물탕이다. 원래 어부들이 팔다 남은 생선과 조개들을 한데 모아 끓여 먹던 하찮은 음식이었다. 그런데 지금은 마르세유뿐만 아니라 프로방스, 더 나아가 지중해를 상징하는 음식이 되어버렸다. 조리 방법은 역시나 간단하다. 한꺼번에 다 넣

엑상프로방스 전통 음식 라따뚜이

고 끓이면 되는데, 여기서 중요한 것은 역시나 프로방스에서 나고 자란 향신료(특히 샤프란)와 생선으로 요리해야 한다. 생선이 몇 마리 들어가냐에 따라서 가격도 달라진다. 기본 4~5마리가 들어간 '부야베스'의 가격은 최소 80유로(10만 원)에서 시작한다. 내가 먹어본 가장 비싼 '부야베스'는 230유로(30만 원)짜리였다. 그래서 나도 자주 먹지는 못하고 이곳을 방문하는 친구와 손님을 데리고 왔을 때만 먹을 수 있었다. 친한 프랑스 친구는 '부야베스'를 맛있게 먹으면서도 이런 말을 하기도 했다. "서민과 가난한 사람들을 위해 나눠 먹던 음식이 사람들의 돈주머

남프랑스 최고의 마들렌 가게 '크리스토프 마들렌'

니만 채우고 있으니 참 안타깝네."

그 밖에도 소고기 스튜인 '도브(Daube)', 빵에 발라먹는 올리브잼 '타프나드(Tapenade)', 각종 콩과 야채를 끓여 피스토 소스를 얹혀 먹는 '수프 오 피스토(Soupe au pistou)', 프로방스를 다스렸던 잔느 여왕이 좋아했다고 한 디저트 '칼리송(Calissons)' 그리고 프로방스 대표 와인인 로제 와인 등 다양한 프로방스 음식이 존재한다.

요즘 나는 시장에서 떨이 꽃을 싸게 사고, '라따뚜이'를 요리할 재료를 사오는 재미에 푹 빠져있다. 누런 종이가방에 물건이 듬뿍 담겨 한 아름 들고 올 때마다 내 코를 찌르는 신선한 프로방스의 향이 나를 행복하게 만든다. 올리브 오일도 맛이 다른 걸 조금씩 사서 재료를 볶고 있는데, 매번 요리할 때마다 다른 맛이 난다. 재료에 따라 맛이 미묘하게 달라지면서도 다채로운 맛들이 하나로 모아지는 마법을 매번 느끼고 있다.

프로방스 문화와 음식은 푸른 하늘과 바다, 강렬한 햇살로 온 땅을 다채롭게 만드는 자연환경을 쏙 닮아 있는 것 같다. 그 지방에 살면서 문화와 음식을 온전히 받아들이면 점점 닮아간다고 하던가. 어쩌면 나도 남들처럼 똑같이 살며 하나만 바라보고 달려가던 인생을, 다채로운 시각과 목적으로 바꾸고 있는지도 모르겠다.

감자 너나 먹어

못생겼지만 고소한 맛을 지닌 감자는 단연 일품 식재료다. 재배하기도 쉬워서 충분한 물과 햇빛만 있으면 누구나 심을 수 있다. 게다가 감자는 심은 것보다 수확하는 게 더 많다. 감자밭에서 땅을 파다 보면 한 줄기 아래 주렁주렁 열린 샛노란 감자가 무더기로 나온다. 그리고 햇감자를 바로 쪄서 김이 모락모락 피어나는 감자의 껍질을 벗긴 뒤, 소금만 살짝 찍어 먹어도 입안에 감칠맛이 확 돈다. 텁텁할 땐 물김치 한 사발 들이켜면 금상첨화가 아닐 수 없다. 이렇게 감자 두세 개만 먹었는데도 충분히 포만감을 느낄 수 있다. 정말로 감자는 땅의 선물이며 훌륭한 음식이다.

프랑스 식탁에서도 감자는 가장 흔하게 나오는 음식 식재료 중에 하나다. 감자를 뜻하는 프랑스어는 '뽐므 드 떼르(La pomme de terre)'라고 하는데, 직역하자면 '땅의 사과'라는 뜻이다. 사과랑 감자의 생김새는 분명 다른데, 왜 감자를 '땅의 사과'라고 하는지 궁금했다. 주변에 음식을 좀 한다는 프랑스 친구들에게 그 이유를 물어봤지만, 아무도 속시원한 대답을 하지 못했다. 오랫동안 그냥 그렇게 말해왔기에 자기도 그렇게 말하고 있었다고만 할 뿐이었다.

나는 궁금증을 참지 못한다. 질문이 있으면 최대한 방해가 되지 않게 다 물어봐야 하고, 직접 찾아볼 수 있는 건 속이 시원할 때까지 찾아본다. 그래서 내가 나름 생각해 본 이유는 두 가지다. 첫 번째는 한 줄기에서 여러 개 사과가 풍성하게 나오는 모습을 빗대어 붙인 게 아닐까 싶다. 땅을 기준으로 사과는 하늘에 주렁주렁 열매를 맺고, 감자는 땅에 주렁주렁 작물을 만들어 내니까 말이다. 그리고 두 번째 이유는 사과와 감자가 닮았기 때문이다. 프랑스엔 정말로 많은 종류의 사과가 있다. 마트에 가면 빨간 사과, 노란 사과, 초록 사과 등이 아주 아름답게 진열되어 있다. 또 내가 종종 먹었던 특별한 사과도 있는데 바로 야생에서 막 키운 노란 사과다. 울퉁불퉁하고 곳곳에 상처가 있는 게 꼭 감자처럼 생겼다. 게다가 수확하고 나서 며칠이 지난 이 못생긴 사과는 더 노랗게 익어서 감자와 생김새를 구분하기 힘들 정도다. 믿거나 말거나 꽤 그럴듯한 설명인 것 같다. 만약 내 생각이 사실로 밝혀진다면 "사과 같은 내 얼굴 예쁘기도 하지요"라는 동요는 못 부를 수도 있겠다.

프랑스에서의 첫해는 감자가 너무 반가웠다. 음식과 문화 등 모든 게 다른 프랑스 사회에서 내게 가장 익숙했던 게 감자였다. 가끔은 프랑스 감자가 더 고소하고 맛있다고 느껴질 정도였다. 뭐, 감자 맛이 거기서 거기겠지만, 그땐 그랬었다. 하지만 지금은 감자를 잘 안 먹는다. 프랑스 사람들이 감자를 먹어도 너무 많이 먹기 때문이다.

나는 학교 기숙사 식당에서 삼시 세끼를 해결하는 데 감자 때문에 괴로웠던 1주일이 있었다. 정확히 어떤 요일에 어떤 요리가 나왔는지 기억은 안 나지만, 어렴풋한 기억으로는 이런 메뉴였다. 월요일은 감자 그라탕, 화요일은 감자 퓨레와 깍지 콩, 수요일은 스테이크에 곁들여진 감자, 목요일은 식전 음식으로 감자수프를 먹었다. 감자, 감자, 감자의 연속이었다. 마치 넓디넓은 평야에 나 혼자 서있는데 감자 대군이 저 멀리서 몰려오는 기분이었다. 금요일 저녁마저 감자 요리가 나오는 날에는 그 주말의 기분마저 상할 정도였다. 가끔은 찐 감자와 찐 당근을 통째로 먹으라고 주는 경우도 있었다. 나는 너무 답답한 마음에 농담을 섞어 옆에 있던 프랑스 친구에게 한마디 했다.

“혹시 지금 프랑스 전쟁 중이야?”

“무슨 소리야, 전쟁이라니.

”우리나라에선 찐 감자를 전쟁통에 많이 먹었어.”

어떤 날은 안 되겠다 싶어서 내가 프랑스 친구들에게 두 팔을 걷어 한국식 감자 요리를 해준 적이 있었다. 먼저 프랑스 마트에 흔히 파는 잘린 베이컨과 대파를 송송 잘라서 냄비에 볶고 물을 부었다. 그리고 미리 잘라 놓은 프랑스 감자를 넣고 푹 익힌 다음, 물이 끓어오르면 간장과 마늘, 후추, 설탕 등을 넣고 양념을 해주었다. 누구나 아는 그 맛, 바로 감자조림이다. 우리네 식탁에 반찬으로 자주 오르기에 프랑스 친구들에게 이 요리를 해주면 좋겠다고 생각했다. 다행히 프랑스 친구들은 게 눈 감추듯 감탄하며 먹었다. 그중 식사 자리에 늦게 온 어떤 친구는 한참을 맛있게 먹더니 "이 요리 재료가 뭐냐?"라고 뒷북치기도 했다. 내가 감자로 만든 요리인 걸 알려주자 "믿을 수 없다!(C'est pas posibble!)"고 말하며 그릇에 남아 있는 소스를 휘적거려 마시기까지 했다.

프랑스 사람들은 분명 감자를 좋아하다 못해 사랑하는 것 같다. 이곳 사람들뿐만 아니라 유럽 사람들이 모두 감자를 사랑한다. 유럽에서 감자는 어떤 존재일까. 내가 네덜란드 암스테르담에 있는 빈센트 반 고흐 미술관을 방문했을 때 이 질문에 대한 대답을 찾았다. 고흐가 가장 사랑한 그림 〈감자 먹는 사람들(The Potato Eaters)〉 앞에서였다. 나는 '이때도 감자를 먹었는데 지금 사람들이 감자를 먹는 건 정상이구나!' 싶으면서도 감자가 평범하고 가난한 사람들을 위한 대중 음식이었다는 걸 알았다. 농부에게는 자신들이 땅을 일궈서 얻은 정직한 음식이

빈센트 반 고흐, <감자 먹는 사람들>, 1885

면서 가난한 사람들에겐 함께 나눠 먹을 수 있는 귀중한 음식이었다.

아마도 감자의 역할은 변하지 않고 우리의 식탁을 계속 풍성하게 채워주지 않을까 싶다. 그리고 감히 예상하건대 나는 오늘도 감자를 먹게 될 것이고 또 내일도 먹을 것이다. 하지만 이곳 사람들에게 감자가 어떤 존재인지 조금은 깨달았으니, 감자를 너무 먹어서 내 얼굴이 감자가 될지언정, 감자와 친해져 보기로 마음먹었다.

주말의 긴 식사 시간

프랑스의 식사 시간이 길다는 건 누구나 아는 사실이다. 밥을 느릿하게 먹거나 음식이 천천히 나올 때 우리는 늘 "이건 프랑스 스타일이야!"라고 농담을 하니 말이다. 옛날에 어떤 개그 프로그램에선 에펠탑 사진을 가져다 놓고 아주 천천히 과자를 집거나, 아주 천천히 콜라 캔을 따며 프랑스의 식사 시간을 풍자하기도 했었다. 마치 나무늘보가 슬로우모션을 취하며 먹는 것처럼 말이다. 그런데 프랑스 사람들은 밥을 천천히 먹는 게 아니다. 밥을 아주 오랜 시간 길~게 먹는다.

그런데 평상시 식탁은 매우 다르다. 먼저 아침 식사엔 바게트에 버터와 잼 정도 바르고 커피를 곁들여서 간단히 먹는다. 아니면 시리얼과 요거트, 과일을 먹기도 한다. 점심 식사도 그렇게 특별하지는 않다.

간단하게 샌드위치로 점심을 먹기도 하고, 식당에서 아주 간단한 전채 요리에 메인 요리만 시켜서 빠르게 먹고 자리에서 일어난다. 저녁 식사는 조금 더 푸짐해진다. 먼저 와인을 시키고 안주를 곁들이면서 식사를 시작한다. 그리고 파스타나 스테이크, 그라탕, 구운 생선 등 다양하게 요리를 즐겨 먹는다. 이때 식사 시간은 주로 1시간 정도 걸리는 것 같다. 물론 우리나라 사람들에게 1시간도 꽤 긴 시간으로 느껴질 수도 있다. 우린 후다닥 밥을 먹고 "얼른 다른데 가자." 하면 바로 일어나야 하니까 말이다. 그런데 프랑스 사람들은 한자리에서 디저트까지 모든 걸 해결한다. 그래서 식사시간이 다소 길게 느껴지는 것이다.

실제로 이런 문화의 차이 때문에 우리나라 사람들이 프랑스에서 식당을 차리면 손님 예약을 받는 일이 가장 어려웠다고 한다. 보통의 프랑스 식당에서는 손님 예약을 1시간에서 2시간 단위로 받는데, 한국 식당에서는 분 단위로 예약을 받았기 때문이다. 이제 막 식사하고 맛을 느끼려는 프랑스인 손님들에게 "다음 예약이 있으니 나가주십시오."라고 하니 얼마나 불쾌했겠는가.

우리가 알고 있는 프랑스의 긴~ 식사 시간은 누군가를 식사에 초대했을 때다. 식사 초대는 보통 일요일 점심에 이뤄지는데, 프랑스 사람들에게 일요일은 평일에 열심히 일한 뒤 온전히 자유롭게 쉴 수 있는 날이다. 또 프랑스가 가톨릭 국가였던 영향으로 일요일은 성당의 주일미사에 참석하는 날이다. 그래서 식사 초대는 주일미사가 끝난 직후 점심에 이뤄진다.

나도 한 달에 한두 번 정도 성당에서 만난 프랑스 가정으로부터 식사 초대를 받는다. 공부하면서 알게 된 사람들이다. 가끔은 집주인이 홀로 외국에서 지내는 내가 안쓰러워 보였는지 동네 주민들을 잔뜩 초대해서 나를 소개해 주기도 한다. 그렇게 알게 되는 사람들이 늘어나면 또 그 사람들이 나를 또 다른 식사에 초대해 준다. 프랑스 나름의 정을 나누는 문화인 셈이다.

나는 아직도 첫 식사 초대를 잊을 수가 없다. 몇 년 전 일이지만, 어떻게 표현해야 할지 모를 정도로 굉장한 식사였기에 선명한 기억으로 남아 있다. 그때 내 친구 베르나르는 나와 여러 친구들을 오후 1시에 초대했다. 나는 가장 깔끔한 옷을 입고 설레는 마음으로 좋은 와인까지 하나 사서 딱 1시에 맞춰 도착했었다. 그런데 그 집에 도착한 사람이 아무도 없었다. 짧은 내 목을 아무리 두리번거려도 마당엔 내 그림자만 보였다. 내가 첫 번째로 도착한 손님이었다. 나를 발견한 베르나르는 헐레벌떡 뛰쳐나와서 날 맞이해 줬지만, 그도 적잖이 당황한 모양이었다. 베르나르는 호탕한 웃음을 지으며 왜 이렇게 일찍 왔냐고 내게 물었다. 일찍? 일찍이라고? 순간 내가 약속 시간을 잘 못 알고 있는 줄 알았다. 그는 나에게, 보통 사람들이 약속 시간을 잘 안 지키기 때문

프랑스의 한 가정집

에 1시 이후에 서서히 도착할 거라 생각했다고 한다.

베르나르의 부인인 마리프랑스는 허겁지겁 요리하던 음식을 마무리하고 정원에 마련된 파라솔 밑 동그란 탁자에 식전 음식을 준비하기 시작했다. 프랑스에서 식전 음식은 모든 사람들이 도착할 때까지 가볍게 집어먹고 마실 수 있는 것을 말한다. 식전 음식으로 나온 음식은 이랬다. 올리브 잼(Tapenade)이 발린 바게트, 독일식 과자, 감자칩처럼 우리가 흔히 부르는 핑거 푸드였다. 식전주도 있었는데 샴페인과 꼬냑이

내가 살았던 기숙사 마당 입구

주류를 이뤘다. 부드럽지만 도수가 강한 술이었다. 여기에 프로방스만의 특별한 식전주가 있는데 바로 파스티스(Pastis)였다. 이 술은 원액에 물과 얼음을 타서 마시는 건데, 내가 마셔본 파스티스 맛을 주관적으로 표현하자면, 김빠진 사이다에 단맛까지 없어지고 입안은 텁텁한 보드카 같았다.

한 시간이 지나자 초대한 사람들이 모였다. 그리고 베르나르가 한 명씩 식사 자리로 안내해 줬다. 그리고 각자 와인을 한 잔씩 따르고 건 배를 했다. 그 사이에 마리프랑스는 미리 준비한 샐러드를 가져와서 사람들에게 나눠줬다. 잘게 자른 상추 위에 올리브 열매와 토마토가 얹혀 있는 샐러드였다. 그녀는 식탁 위에 있는 올리브 기름이 담긴 병을 가리키며 집 마당에서 직접 기른 올리브 나무로 짠 기름이라고 자랑했다. 나는 바로 그 올리브 기름을 내 샐러드 접시에 쫘악 뿌렸는데, 그 향기가 내 코를 찔렀고 입맛을 돋우게 만들었다.

샐러드를 다 먹은 다음 수프가 나왔다. 프로방스에서만 별미로 먹을 수 있는 피스토(Pistou) 수프였다. 피스토는 지중해 연안에서 자란 각종 야채와 콩을 푹 고아서 피스토 소스(바질과 올리브유를 섞은 소스)를 얹은 수프다. 남프랑스 음식은 파리를 포함한 북프랑스와 다르게 채소와 올리브 음식을 많이 먹는다. 풍부한 일조량과 바람 그리고 비옥한 토지 때문에 다양한 작물이 잘 자라기 때문이다. 나는 기대감을 가지고 피스토의 첫술을 내 입에 넣는 순간 눈이 번쩍 뜨였다. 너무 한국 사람 입맛에 맞는 맛이었기 때문이다. 처음으로 '시원하다'라는 한국식 표현을 쓸 수 있는 음식이었다.

그 사이에 베르나르는 정원에서 열심히 소고기와 소시지를 굽고 있었다. 소고기는 남프랑스 까마그(Camargue)에서 사 온 것이었다. 우리나라로 치면 횡성 한우 같은 것이다. 나는 열심히 칼질을 하며 풍부한 육즙과 부드러운 살점을 온몸으로 느꼈다. 그때 마리프랑스가 피식 웃으며 나를 불렀다. 특별히 내가 온다고 소고기를 고추장에 재워서 준비해 놓았던 것이다. 도대체 고추장은 어디서 구했으며, 분명 고추장에 재웠는데 어딘가 유럽의 맛이 났던 게 신기했지만, 그녀의 세심한 배려에 얼마나 큰 감동을 받았는지 모른다.

어느덧 5시가 되었다. 안 나오던 배(?)가 통통하게 나올 정도로 엄청나게 많은 양을 먹었다. 나는 한국식 표현으로 "너무 많이 먹어서 돼지가 될 것 같습니다.(Je vais devenir comme un cochon parce que j'ai trop mangé!)"라고 말했더니 그 자리에 있던 사람들 모두가 껄껄 웃었다. 베르나르는 프랑스엔 이런 표현이 없다면서 꽤 귀여운 말이었다고 내 어깨를 툭툭 쳤다.

이제 슬슬 끝날 것 같았지만 끝나지 않았다. 디저트로 각종 치즈와 초콜릿 케이크가 나왔다. 나는 개인적으로 초콜릿이 들어간 음식을 별로 안 좋아하는데 그 케이크만큼은 적당히 달고 느끼하지도 않아서 두 조각이나 먹었다. 디저트까지 먹었으니 이젠 진짜 집에 갈 시간이 된 것 같았다. 아니었다. 디저트가 또 남아 있었다. 바로 식후주였다. 내가 "또 먹어요?"라고 하자 베르나르는 "이게 진짜 마지막이야!"라고 말하며 자신이 직접 담근 체리주를 가지고 왔다. 그는 초대한 손님들에게 한 잔씩 다 따라주면서 오늘 식사에 함께해 줘서 고맙다고 인사를 전했다. 그리고 정말로 식사 시간이 끝났다. 저녁 7시였다. 술로 시작해서 술을 마시고 술로 마친 장장 6시간의 식사 시간이었다.

내가 지금까지 프랑스에서의 식사 시간을 경험해 본 결과, 프랑스 사회에서 식사 시간을 크게 두 가지 단어로 표현할 수 있을 것 같다. 첫 번째는 '음식', 두 번째는 '친교'다.

프랑스는 굉장히 넓은 땅을 가지고 있다. 우리나라보다 다섯 배 이상 넓다. 그래서 지역마다 각기 다른 기후가 존재하는데, 그에 따른 식재료도 다양하다. 노르망디 지방의 식초, 보르도 지방의 와인, 디종 지방의 머스타스 소스, 알자스 지방의 치즈, 꺄마그 지방의 쌀과 소고기 등이다. 또 지역색에 맞는 여러 음식도 발전되어 왔다. 브르타뉴 지방의 크레페, 부르고뉴 지방의 뵈프 부르기뇽, 엑상프로방스의 라따뚜이, 마르세유의 부야베스, 알프스 지방의 라끌레트 등이 있다. 재미있는 건 모든 식재료와 음식 이름 앞에 지역 이름이 붙는다는 점이다. 왜냐하면 프랑스 사람들에게 땅(지역)은 살아있는 땅이기 때문이다. 그 신성한 땅에서 식재료가 자라고 길러지며 '음식'으로 탄생한다.

그래서 식사에 초대된 사람들은 식탁 위의 살아있는 음식을 음미하면서 먹는다. 더불어 땅이 준 생명의 음식을 여기 있는 모든 사람들과 나눠 먹는다는 점에서 하나의 유대감을 느끼고 자신의 마음을 조금씩 연다. 그리고 수많은 이야기를 서로 주고받으며 '친교(La fraternité)'

OUTBACK
RESTAURANT

유명 식당이 모여 있는 엑스 꺄르되흐(Cardeurs) 광장

를 쌓아간다. 사실 개인주의화되어 있는 프랑스 사회에서 마음을 연다는 건 매우 어려운 일이다. 그렇기 때문에 식사 자리에는 이미 마음을 서로 나누고 있는 지인이나, 마음을 열고 싶은 가까운 이웃 혹은 귀한 손님을 초대한다. 손님이 오면 대부분 외식을 하는 우리나라와는 사뭇 다른 모습이다.

나는 베르나르의 첫 식사 초대 이후로도 여러 프랑스 사람들과 식사 시간을 가지고 있다. 분명 첫 만남을 어색해하는 내 자신이지만, 식탁 위에서 머뭇거리지 않고 최대한 많은 얘기를 하려고 노력한다. 한 손엔 프랑스어 사전 앱을 켜놓고 부족한 프랑스어로 의사소통을 할 때도 있다. 심지어 소위 '아재 개그'라고 불리는 농담도 프랑스어로 바꿔서 해보기도 한다. 최근에 나를 식사 자리에 초대해 준 툴루즈(Toulouse) 출신의 한 프랑스 사람은 한국에 무척이나 많은 관심을 가지고 있었고, 나는 최대한 아는 범위 안에서 잘 대답해 주려고 노력했다. 식사를 마치면서 그가 나에게 한 말이 꽤 인상적이었다. "오늘 우리가 나눈 대화를 잊지 못할 거야. 나는 아직 한국을 가보지 못했지만 이미 한국을 다녀온 것 같아. 그리고 너는 내가 해준 툴루즈 음식을 먹으면서 툴루즈를 이미 다녀온 거나 마찬가지 아니겠어?" 그래서 나는 한국식 농담으로 대답했다. "맞아요! 우리의 식사 자리는 부루마블 보드게임이나 마찬가지였어요!"

지금 나에게 프랑스 식사 시간은 길지 않게 느껴진다. 3시간이면 짧고 6시간이면 적당하다. 오히려 그 자리에서 어떤 사람들을 만날지, 어떤 이야기를 나눌지, 또 어떤 음식을 먹을지 설렘이 가득하다. 그런데 그 이상은 곤란하다. 부루마블 게임도 6시간은 할 수가 없다.

100인을 위한 식사 준비

나는 어릴 때부터 엄마 옆에 붙어 있는 걸 좋아했다. 시장이나 슈퍼마켓에 가서 장도 같이 보고, 집에 와서는 요리도 같이했다. 엄마가 주로 요리를 하셨지만, 그 옆에서 조수 역할을 하며 각종 음식 재료와 조미료를 갖다 날랐다. 완성된 요리를 처음으로 맛보는 것도 내 몫이었다. 짜면 짜다, 달면 달다는 걸 솔직하게 표현하면서 맛의 재미에 조금씩 빠져들었다.

그래서 지금은 타지에서 혼자 살고 있지만, 요리하는 걸 어려워하지 않는다. 하얀 가루가 설탕인지, 소금인지 맛도 보지 않고 단번에 알 수 있다. 내가 요리를 좋아하는 이유를 곰곰이 생각해보면 호기심에서 시작되었다고 할 수 있다. 음식이 만들어지는 과정이 너무 신기했던 것이다. 같은 양념이라도 어떤 재료를 쓰냐에 따라 다양한 맛이 나오고,

같은 음식이라도 누가 요리했느냐에 따라 맛이 천차만별로 바뀌니까 말이다. 그래서 한때 나의 꿈이 전 세계에 존재하는 모든 맛을 느껴보는 거였지만, 분명 힘들 것이라 생각했다. 왜냐하면 세상에 존재하는 맛은 어머니의 숫자와 비례하기 때문이다.

내가 프랑스로 삶을 옮겨오고 처음으로 이곳 사람들에게 요리를 해준 건 한 외딴 성당에서였다. 엑상프로방스와 마르세유 경계에 있는 셉뗌 레 발롱 성당(La Paroisse de Septèmes les Vallon)에는 나를 프랑스에 올 수 있도록 추천을 해주신 한국인 신부님이 살고 계셨다. 그분은 벨기에 신부님과 함께 한국 문화를 알릴 수 있는 축제를 기획했는데, 그 중 요리 부분을 나에게 맡긴 것이다. 인원은 무려 100명이나 되었다. 나는 고민도 하지 않고 흔쾌히 하겠다고 말했다. 외딴 지역에 살고 있는 사람들에게 한국 음식을 소개한다는 것 자체가 너무 흥미로운 일이 아닐 수 없었다.

그런데 가장 먼저 고민해야 할 게 있었다. 한국은 음식을 한꺼번에 다 차려놓고 먹지만, 이곳에서는 분명히 전식, 본식, 후식으로 나눠 먹는 문화가 있었다. 나는 신부님과 상의해서 그 세 분류에 따라 한국음식을 어떻게 준비할 수 있을지 생각했다. 처음 한국 음식을 접하는 사람들이 최대한 이질감을 느끼지 않게 하고 싶었다. 남부 프랑스는 수프를 자주 먹기에 전식은 떡국으로 정했고, 본식은 잡채와 각종 전, 불

한 성당 행사에서 단체로 밥을 먹고 있는 프랑스 사람들

고기와 비빔밥으로 구성했다. 디저트까지 만들고 싶었지만, 혼자 요리해야 하는 한계가 있었고, 아시아 마트에서 사온 달콤한 쌀과자를 나눠주기로 결정했다.

성당에서는 다행히 함께 재료를 손질하고 요리할 마담들(Mesdames)이 있었다. 수십 년간 요리를 해온 실력파 어머니들이지만 나를 셰프라고 불렀다. 그들은 내가 어떻게 재료를 준비하고 자르는지, 양념은 어떻게 만드는지 유심히 지켜보며 질문공세를 퍼부었다. "채소는 왜 이렇게 길게 자르는 거야?", "간장은 뭘로 만들어?", "불고기란 뜻이 뭐야?" 마담들의 열정은 대단했다. 단순히 음식을 준비하는 것을 넘어서 음식에 담긴 문화 자체를 받아들이려는 모습이 대단해 보였다. 어떤 사람은 레시피 하나하나를 종이에 적고는 나중에 혼자 요리를 해보겠다고도 했다.

축제는 성공적으로 끝났다. 이 성당을 다니는 신자뿐만 아니라 한국 요리에 흥미를 갖고 호기심에 참석한 동네 주민들도 더러 있었다. 많은 사람들이 연신 엄지손가락을 치켜세우며 칭찬을 마다하지 않았고, 이 시골 마을에 새로운 문화를 접할 수 있게 해줘서 고맙다는 말도 연신 해왔다. 나는 요리를 하면서도 카메라를 들고 축제의 모습을 비디오로 담았다. 몇몇 사람들의 인터뷰가 매우 흥미로웠다. "프랑스 음식은 감자가 주를 이루는데, 한국 음식엔 야채가 많이 들어가서 너무 좋아요.", "한국 음식은 여러 재료가 잘 어우러져서 다채로운 맛을 만들어내는 것 같아요." 나는 낯선 음식을 맛있게 먹어준 이 사람들에게 왠지 모를 친밀감을 느끼기 시작했다.

그렇게 시간이 흘러, 프랑스에서 산 지 두 번째 해가 끝나갈 무렵이었다. 노엘(Noël) 방학을 하자마자 엑상프로방스 대성당 주임 신부님과 함께 크리스마스 준비를 하고 있었다. 하얀 피부에 뿔테 안경을 쓴 브누아 신부님(Père Benoît)은 교구에서 가장 어린 편이었지만, 엑상프로방스와 아를을 대표하는 매우 큰 성당의 책임자였다. 그는 평상시에도 다른 문화에 관심이 많았고, 이방인인 나를 자주 초대해서 식사를 같이하며 이야기를 주고받았었다.

크리스마스를 이틀 앞둔 날에 브누아 신부님은 "나에게 한국 요리를 소개해 줄 수 없니?"라며 조심스레 물어오셨다. 단 한 번도 사적인 부탁을 하지 않았던 분이 이런 부탁을 한 게 의아했다. 그렇지만 나는 기뻐하며 "오늘 저녁이라도 제가 한식으로 대접하겠어요!"라고 대답했다. 갑작스러운 부탁이었지만 신부님이 주신 100유로로 장을 봤고, 집에 남아 있는 재료와 조미료를 가져와 그럴싸한 한식을 한 시간 내에 만들었다. 먼저 전식은 배추를 푹 삶은 된장국을 준비했고, 그 사이에 얇은 소고기를 간장양념에 절인 불고기를 요리했다. 감자채 볶음과 달걀말이도 했다. 감자와 달걀이라는 지구인의 공통 재료로 이런 요리를 할 수 있다는 걸 보여주고 싶었다. 마지막 디저트로는 호떡을 준비했다. 한국에서 가져온 호떡믹스와 찹쌀가루를 조금 더 섞어서 기름에 튀겨냈다.

완성된 한식을 식탁에 차려놓았을 때, 브누아 신부님뿐만 아니라 다른 신부님들, 그리고 몇 명의 청년들도 함께 자리했다. 그들은 밥을 먹으면서도 한국의 식사 예절, 기타 요리 방법 등을 아주 흥미롭게 물어봤고, 나는 밥을 먹지 못할 정도로 바쁘게 대답해야 했다. 그렇지만 한

프랑스 사람들을 위해 요리한 비빔밥

국에 호기심을 갖고 관심을 보여주는 신부님과 청년들에게 고마운 마음이 들었다. 식사 후에 브누아 신부님이 나를 따로 불러내서 이런 말씀을 했는데, 꽤나 감동이 섞여 있었다. "요리하기 전에 나에게 어떤 음식을 못 먹는지 물어본 건 네가 처음이야. 그리고 아마 대성당이 만들어진 역사 이래 한국 요리가 여기 식탁에 올라온 건 처음일 거야!"

그동안 요리를 하면서 하나 깨달은 게 있다. 음식은 언어를 필요로 하지 않는다. 정성스레 준비한 음식은 먹는 사람의 마음을 열게 한다. 같은 냄새를 맡고 같은 맛을 음미하면서 스스로 조여왔던 긴장을 조금씩 느슨하게 풀어낸다. 또 음식의 맛을 가장 극대화하려면 다 같이 나누어 먹어야 한다. 식탁은 내 앞에 가로막혀 있는 모든 것을 무너뜨리고 서로를 제대로 바라보게 해주는 열린 장소다. 그래서 우리가 "식사하셨어요?"라고 묻는 인사말처럼, 주말마다 나를 식사에 초대하는 프로방스 사람의 행동처럼 어쩌면 음식을 나누는 식사는 우리 사람이 기본적으로 함께 살아가려는 '기분 좋은 몸부림'이라는 생각을 해본다.

진짜 프로방스 지중해식 김치

김치는 한국 사람에게 없어서는 안 될 음식이다. 아삭한 식감과 매콤 새콤한 맛을 한입 가득 넣어 먹으면 온갖 병이 낫는 기분이다. 외딴곳에 살면서 몸이 으슬으슬 아플 때가 있는데 김치를 두어 젓가락 먹으면 정말로 몸이 괜찮아진 적이 많았다. 그래서 나는 공동 식사 시간에 김치 반 포기를 꺼내다가 프랑스 친구들에게 김치 존재론을 자주 풀어놓는다. 발효 음식이 얼마나 몸에 좋으며, 그렇기 때문에 정말 약이나 다름없다고 다소 과장이 섞인 설명을 한다.

다행히 프랑스 사람들은 한국 문화에 제법 익숙해져 있다. 특히 웰빙 푸드와 비건, 채식 문화에 관심이 많아서 한국 음식에도 진지하게 관심을 기울인다. 처음 이곳에 왔을 때 나는 김치를 어떻게 설명할 수 있을까 고민했다. 한국 사람에게 김치란 당연한 존재이지만, 프랑스 사람들에게 한마디로 표현할 말이 없었다. 이제는 김치가 무엇인지 아주 쉽고 간단하게 방법을 체득했다. 바로 치즈 비유법이다. 프랑스 사람들에게 치즈는 식탁 위에서 절대 없어서는 안 될 발효 음식이다. 음식 재료로 사용될 뿐만 아니라 생치즈를 디저트로 우걱우걱 씹어먹기도 한다. 어떤 사람은 간식으로 치즈를 비스켓 위에 얹혀 먹기도 하는데, 그 맛은 정신이 번쩍 날 정도라고 했다. 나는 김치도 치즈처럼 한국 식탁 위에 반드시 올려놓아야 하는 발효 음식이라고 설명한다. 단지 우유로 만든 치즈냐, 배추로 만든 김치냐 하는 차이일 뿐이지, 모두 건강을 위한 좋은 전통 음식이 아니냐고 말하면 프랑스 사람들은 고개를 끄덕이며 수긍한다. 직설적이기보다 공감을 하며 비유를 말하기 좋아하는 프랑스 사람들에게 이 방법이 최고의 설명이다.

나는 매년 초겨울에 김치를 직접 담근다. 아시아 마트에 가면 한국산 김치를 살 수 있지만, 내가 직접 만들어 먹는 김치가 더 맛있고, 돈도 아낄 수 있다. 무엇보다 프로방스 사람들이 자기네 땅에서 자란 식재료를 자랑스럽게 여기며 요리를 하는 것처럼, 나도 신선한 프로방스 작물들로 김치를 담그면 좋겠다는 생각을 했다.

일주일에 세 번씩 열리는 마을 장터에서는 김치를 담그는 데 꼭 필요한 무, 대파 그리고 양파, 마늘 등 기본적인 향신료를 살 수 있다. 늦가을부터 나오는 중국 배추(Chou chinois)도 여기서 살 수 있다. 한국 배추보다 크기가 작아서 이등분할 수밖에 없지만, 이거라도 있는 걸 감사하게 생각하고 있다. 김치의 모든 맛을 결정하는 소금은 지중해에서 수확한 굵은소금을 사용한다. 동네에서 그리 멀지 않은 지중해에서 수확한 소금은 프랑스에서도 알아줄 정도로 좋은 품질을 자랑한다. 그 외 고춧가루와 멸치액젓은 아시아 마트에서 살 수밖에 없다.

어릴 때 할머니, 엄마가 김장하실 때 거들던 기억을 더듬었다. 배추를 소금에 절인 다음 물로 깨끗이 씻고 물기를 뺀다. 그리고 미리 만들어 둔 양념을 절인 배추 사이사이에 바른다. 한두 가지 시행착오가 있었지만, 마침내 김치 담그기를 잘 마쳤다. 이 땅에서 자란 야채들이 다소 질기긴 해도 지중해 소금을 듬뿍 머금어서 훨씬 달고 특유의 짭조름한 맛이 좋았다. 남프랑스의 기운이 듬뿍 담긴 '지중해식 김치'가 완성된 순간이었다.

김장은 김치를 나눠야 완성된다. 그래서 그동안 혼자 있는 나를 돌봐준 은인들에게 나눠줘야겠다고 생각했다. 마침 안식년으로 1년간 살고 계신 이승우 작가님 부부에게도 김치를 나눠드릴 수 있었다. 며칠이 지난 뒤, 거리에서 우연히 만난 작가님은 김치가 너무 맛있었다며 금세 다 먹어 치우셨다고 했다. 그리고 진지하게 김치 장사를 해볼 생각이 없는지 물어보기도 하셨다. 거리에서 포복절도하며 민망하게 웃음을 지었지만, 김장이 잘 된 뿌듯함과 맛있게 먹어주신 그분의 따뜻한

프로방스에서 난 채소로 담근 김치

마음이 느껴져서 감사했다.

이왕 이렇게 된 거, 조금 더 욕심을 내고 싶었다. 이 땅에서 가장 맛있는 김치를 만들 수 없을까. 여기서 구하기 힘든 작물을 직접 길러봐야겠다고 마음먹었다. 곧바로 유럽 전역에 퍼져 사는 친구들에게 전화를 걸었다. 여기서 구할 수 없는 작물 씨앗을 보내달라고 했다. 총각무, 열무, 깻잎, 청갓, 홍갓, 쪽파 등 너무도 한국적인 작물들이다. 씨앗은 한국에서 반출이 불가능하다. 그래서 이미 유럽에 세대를 걸쳐 살고 있는 한인들이나, 장사를 하며 한국을 오가는 분들에게 씨앗을 부탁할 수밖에 없었다.

내가 사는 기숙사 부지 안에는 노는 땅이 너무 많았다. 나는 당장 기숙사 사감에게 가서 농사를 짓겠다고 선언했다. 나름 신학을 공부하고 있으니까, 교황님의 생태신학을 요목조목 예로 들어가면서 농사의 중요성을 설명했다. 그는 웃으면서 널려있는 아무 땅에서나 농사를 지어도 좋다는 대답을 해줬다. 나는 햇볕이 잘 들고 수돗가의 물을 쉽게 이용할 수 있는 땅을 선택했다. 그리고 어릴 때 외할아버지 일을 도와 농사를 짓던 기억을 되살려 땅을 개간하고 잡초를 뽑아냈다. 곧이어 씨앗을 심을 둑을 만들었다. 첫 농사이기 때문에 바로 씨앗을 심기엔 고민이 많았다. 그래서 땅을 개간하는 동안 씨앗을 물에 불려 싹을 틔워서 심었다.

호기롭게 시작한 나의 첫 농사는 폭삭 망했다. 일주일간 휴가를 받고 집을 비웠는데, 그 사이에 모든 작물이 사라진 것이다. "누가 훔쳐간 거지.", "내가 휴가 갔다고 다른 사람이 뽑아간 거 아니야?" 오만가지 생각이 들면서 내 마음에 분노가 가득 차기 시작했다. 죄 없는 잡초를 힘껏 뽑아가며 분노와 허탈한 마음을 달래었고, 순간 주먹으로 땅을 확 내려쳤을 때 농사가 망한 이유를 단번에 알 수 있었다. 갈라진 흙 사이로 작물 뿌리가 드러났고, 그 위로 무엇인가가 갉아먹은 흔적이 남아있었던 것이다. 바로 '달팽이'였다. 프랑스 땅에는 달팽이가 너~무 많았다. 우리나라 시골에 있는 작은 달팽이가 아니었다. 사람 엄지손가락보다 큰 달팽이가 저녁부터 기어 나왔다. 한두 마리가 아니었다. 적어도 수십 마리였다. 나는 복수를 다짐하며 이놈들을 다 잡아야겠다고 생각했다. 마침 농사에 경험이 많은 프랑스 친구가 나에게 달팽이를 친환경적으로 잡는 방법을 알려줬다. 빈 페트병에 맥주를 채워 넣어 밭 위에 비스듬히 세워두는 식이었다. 그날 저녁, 나는 그걸 설치하면서도 얼마나 많은 달팽이가 이 허술한 트랩에 잡힐지 의구심을 떨쳐버릴 수 없었다. 하룻밤이 지났다. 결과는 대성공이었다. 그 짧은 밤 동안에 수십 마리의 달팽이가 맥주에 익사해 있었다. 한 곳에 모아둔 달팽이의 모습이 너무 징그러웠지만, 나는 승리의 포효를 하며 기숙사에서 사는 사람이 키우는 닭들에게 먹이로 던져줬다.

고질적인 문제점을 해결한 뒤, 농사는 거침없이 이뤄졌다. 다음 해

농사에서 갓과 파를 수확해 기존에 하던 김장에 첨가했는데, 그 맛은 훨씬 시원하고 달짝지근했다. 그리고 열무와 총각무를 재배해 각종 무침과 여름 김치, 물김치 등을 해 먹었다. 기숙사 냉장고에는 내가 담근 김치가 항상 비치되어 있었고, 익어가는 냄새에 이끌려 온 프랑스 친구들이 맛보고 싶다며 아우성이었다. 그래서 나는 "물어보지 말고 언제든 꺼내 먹어!"라고 말하기까지 했다.

원재료의 지방 이름을 따서 김치 이름도 지었다.

'진짜 프로방스 지중해식 김치(le vrai Kimchi méditerranéen Provençal)'

이 이름을 보고 어떤 친구는 프로방스 이름이 들어간 김치는 진짜가 아니라며 "너 때문이 아니라 진짜 김치를 먹어보러 한국에 가야겠다."며 시답지 않은 농담을 하기도 했다.

반고흐와 함께 커피 한 잔

아를(Arles)은 옆 동네다. 그렇다고 자주 갈 수 있는 곳은 아니다. 엑상프로방스에서 아를까지 차로 운전해서 45분 남짓, 대중교통 버스로는 한 번 갈아타고 1시간 30분 정도 걸린다. 남프랑스는 도로가 잘 닦여있지 않고 고속도로마저 단순한 길로 엮어져 있어서 더 빠른 길이란 존재하지 않는다. 오직 그 길로만 가고 싶은 곳에 갈 수 있다.

아를은 독특한 도시다. 역사와 전통이 매우 깊고 도시 곳곳에 잘 간직하고 있다는 걸 발견할 수 있다. 어쩌면 아를이 엑상프로방스보다 조금 더 전통성을 가지고 있을지도 모르겠다. 아무래도 지중해가 근접해 있고 도시 앞에는 론강이 흐르고 있으니, 외적이 자주 침입했을 것이고, 사람들은 더욱 강인하고 군건하게 살아와야 했다. 특히 까마그

아를의 시내 거리

(Camargue)에서부터 아를까지 흰말을 타고 도시를 지키며 사람들과 순례자를 안내하는 기사들이 많았다. 프랑스 사람들은 도시의 색깔이 분명히 드러난 사람들에게 그 도시에 사는 사람들이라는 의미로 별칭을 붙어줬다. 그래서 아를 사람을 아를레지안(Arlésien)이라고 부른다.

그런데 이런 아를에 정말로 갈 일이 많았다. 한 번은 어학수업을 하면서 문화 탐방으로 방문했었고, 또 한 번은 학교 세미나에 참석하기 위해, 그리고 학교 실습하기 위해, 그 밖에는 친구들을 데리고 놀러 왔던 기억이 있다. 정확하게 몇 번이나 아를을 다녀왔는지 모르겠지만, 한 가지 사실은 분명 깨달았다. 빈센트 반 고흐가 충분히 아를에 반해 평생 눌러앉고 싶어 했다는 것 말이다.

온통 노오란 건물과 파아란 하늘이 인상적인 이곳은 한국 사람들에게 굉장히 익숙한 도시다. 도시라고 말할 수 없을 정도로 작은 마을에 불과하지만, 분명 프랑스 사람들에게 아를은 도시나 다름이 없다. 빈센트 반 고흐가 일생의 짧은 순간 이곳에 머물며 살았고, 프로방스 특유의 정취에 반해 가장 많은 작품을 남긴 곳이다. 분명히 앞에서 언급한 아를 특유의 강인한 분위기가 고흐의 마음을 더 잡아당겼을지도 모르겠다.

내가 아를에 갈 때마다 고흐의 여정을 따라 시내를 산책한다. 먼저 도시 입구에서 보이는 생트로핌 주교좌성당을 중심으로 그 광장에 머무른다. 아를은 과거 독립된 왕국이었고, 가톨릭교회에서도 상당한 위치를 차지했다. 아를 대주교는 교황청을 오가면서 자신의 의견을 피력했고, 프랑스 내에서도 많은 고위 성직자들이 아를에 모여 회의까지 했다. 그러나 프랑스 대혁명과 나폴레옹의 교회 박해 그리고 정교분리법의 영향을 받은 아를 대교구는 엑상프로방스 대교구에 편입되어 현재는 교구의 기능이 사라진 상태다. 한때 교구의 중심이 되었던 교구청 건물은 거리 이름으로만 남아 있고, 현재 아를 지방정부 청사로 사용하고 있다.

이런 아픔을 간직한 채 조금 걷다 보면 아를 카페가 나온다. 고흐가 〈밤의 카페테라스 (Terrasse du café le soir)〉 그림을 그린 곳이다. 아닌 밤중에도 프로방스 특유의 노란빛이 어두움을 뚫고 나와 손님들을 반긴다. 그러나 고흐의 명성 때문인지 카페 이름은 반고흐 카페로 바뀌었고, 나처럼 고흐의 자취를 찾아온 사람들을 맞이하기 위해 관광 카페로 변모했다. 그럼에도 불구하고 그때의 카페 모습이 그대로 남아 있어서 시간을 거스르며 고흐와 마치 대화를 하며 커피 한 잔을 마주 보고 마시고 있는 듯한 느낌이 든다.

고흐가 정신병 진단을 받고 입원했던 병원은 현재 엑스마르세유 대학교 아를 캠퍼스로 사용하고 있다. 고흐가 갇혀 지내며 바깥 풍경을

아를 고흐 카페

그렸던 정취는 그대로 남아 있으나 그가 가졌던 슬픔과 고독함은 더 이상 느끼기 힘들다. 오히려 교실로 바뀌어 버린 옛 병원동을 들락날락하며 수업을 듣고 있는 대학생들의 생기만이 남아 있을 뿐이다. 이제 갓 성인이 되어 세상을 받아들이기 시작한 대학생들에게 고흐의 그 마음을 느낄 수 있는 여유란 아마도 없을지도 모르겠다.

옛 아를 정신병원

아를 시내를 거의 다 돌다 보면 로마 시대에 세워진 원형 경기장, 야외 공연극장이 폐허가 되어 관광객들의 발길을 끌고 있는 걸 볼 수 있다. 건물의 잔해로 추정되는 대리석과 기둥석은 사람들이 구경하는 길목 곳곳에 박혀있다. 돌들이 자기 자리를 지키며 지금까지 온 것은 아니겠지만, 인위적으로 깎아내린 돌의 날렵한 선을 보고 있으면 이곳에

1세기 로마 제국 때 지어진 아를 원형 경기장

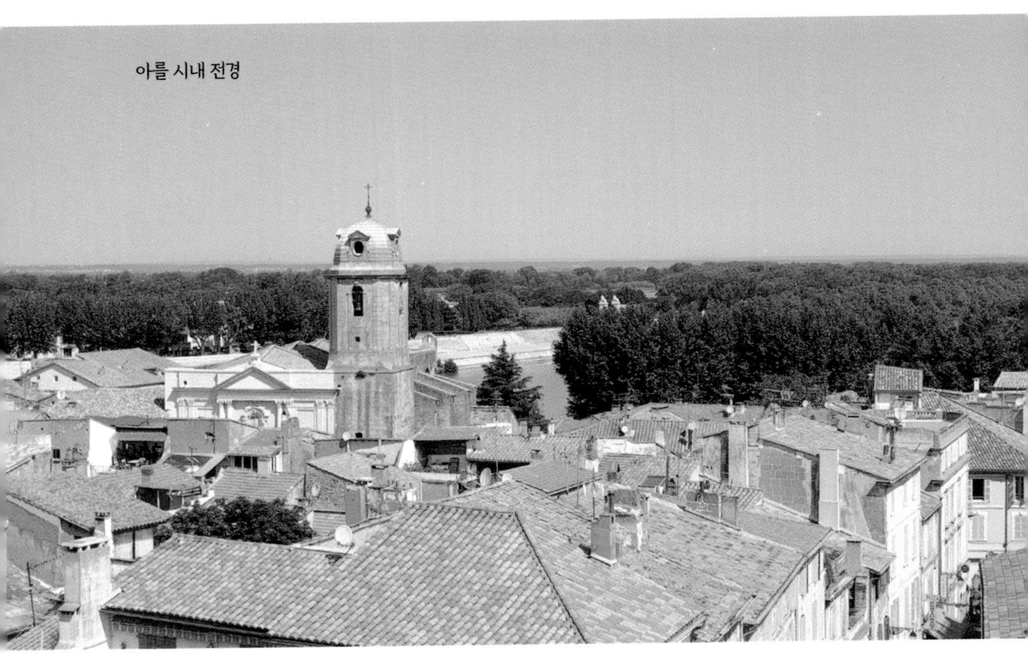
아를 시내 전경

머물렀던 아를레지안과 로마인들의 숨결이 조금이나마 느껴지는 듯하다. 그리고 유적지 근처에는 조그맣게 세워진 많은 성당과 수도원이 쉽게 보인다. 가톨릭교회는 이교도 신전이나 관련 건물을 허물고 성당을 짓던 풍습이 있었다. 여러 문화와 전통, 종교가 얽히고설켜서 이 도시는 프로방스를 대표하는 도시로 발전되어 왔다.

아를에 마지막으로 방문했을 때 한 아를레지안 집에서 며칠 머문 적이 있었다. 그가 아를에 대해 한 말이 아직도 잊히지 않는다. "아를은

제가 나고 자란 곳입니다. 이 도시의 모든 성격을 자연스럽게 받아들이며 나 자신을 존재하게 해줬어요. 이곳을 떠나는 건 제 정체성을 버리는 거나 다름이 없겠지요." 사람은 도시를 세우고, 도시는 사람의 흔적을 그대로 남긴다. 시간이 지나면서 사람은 사라지지만 그 흔적은 도시 곳곳에 켜켜이 쌓여서 또 다른 세대에 오는 사람들을 맞이해 준다. 2천 년의 시간이 묵혀진 아를이지만, 아직도 이 도시는 더 많은 시간과 사람을 품을 힘이 남아 있는 듯해 보였다.

Part 3
새로운 곳을 향해

여름의 보랏빛,
프로방스 라벤더

프로방스는 4월만 되어도 무척이나 덥다. 연중 따뜻한 지중해성 기후와 북쪽에서 내려오는 미스트랄 바람이 프로방스 땅을 쉽게 달군다. 지난 여름에는 45도까지 치솟았는데 한국 뉴스에 나올 정도로 전 세계적으로 큰 이슈였다. 그럼에도 불구하고 다른 지역에 사는 프랑스 사람들은, 특히 북쪽에 사는 프랑스 사람들은 프로방스에서의 삶을 무척이나 부러워한다. 아무래도 북프랑스는 햇빛 일조량이 너무 적기 때문이다. 내가 프랑스 북서쪽에 위치한 앙제(Angers)에서 3개월간 프랑스어를 공부할 때도 최대 1주일간 해가 구름에 가려져 있었다. 그래서 매년 여름이 되면 북프랑스 사람들은 햇빛과 함께 휴가를 보내려고 남쪽으로 내려와 프로방스를 찾는다. 게다가 많은 사람들이 불볕더위에도 불구하고 꼭 가는 곳이 있는데 바로 프로방스의 상징이라고 할 수 있는 라벤더밭이다.

발랑솔(Valensole) 라벤더 밭

이곳 사람들의 목소리를 빌리면, 봄의 시작은 곧 라벤더의 푸른 새싹이라고 말한다. 봄이 되면 집집마다 마당에 심어 놓은 라벤더의 새잎이 고개를 빼꼼 내밀고, 초여름이 되면 꽃대가 올라온다. 나는 이 시기에 산책하는 걸 굉장히 좋아한다. 라벤더의 향이 살랑살랑 불어오는 봄바람을 타고 내 코를 감싸는데, 분명 진하고 강렬한 향은 아니지만 나는 그런 풋풋한 라벤더 향을 너무 좋아한다. 그 향은 바삐 걸어가던 내 발걸음을 천천히 가게 만들어 자연스레 뒷짐을 지고 푸른 하늘을 보게 한다. 라벤더 향은 내게 여유를 갖게 해준다.

일찍이 로마 시대 사람들은 라벤더 향에 매료되어 집집마다 라벤더를 재배했다고 한다. 그 꽃을 따다가 목욕물과 세탁물에 넣고 향을 돋았다. 또한 라벤더엔 훌륭한 살균 효과가 있다는 걸 깨닫고 약용으로도 사용했다고 한다. 지금도 피부병이나 잠을 잘 못 자는 사람들은 라벤더 오일을 곁에 두고 바른다. 이처럼 라벤더는 우리 인류와 오랜 시

간 관계를 맺어왔다.

사실 처음부터 프로방스의 라벤더가 유명하지는 않았다. 로마인들이 자신들을 위해 라벤더를 조금씩 길렀던 것처럼, 프로방스 사람들도 자신과 마을 사람들을 위해 작은 규모로 농사를 지었을 뿐이었다. 그러나 중세 이후 라벤더 오일을 대량으로 생산하는 공장들이 들어서면서 그 수요는 프랑스 전국으로, 또 유럽 전체로 뻗어나갔다. 몇 년 전부턴 일본과 중국, 우리나라 방송에까지 프로방스 라벤더가 소개되면서 그 유명세는 더욱 커졌다. 이제는 저마다 예쁜 옷을 입고 마치 드라마의 주인공이 되고 싶은 마음으로 사진을 찍으려는 사람들로 넘쳐난다.

라벤더꽃은 대개 6월 말에서 7월 중순까지 피는데 7월 초가 되면 가장 절정을 이룬다. 야속하게도 2주 남짓한 짧은 시간에만 라벤더꽃을 볼 수 있다. 나는 이곳을 찾아오는 친구들을 위해 가장 꽃이 예쁘게 필 때를 알아보고 그곳에 데려간다. 일부러 관광객이 많이 없는 곳을 찾아가고, 관광객이 많이 없을 시간에 찾아간다. 개인적으로 나는 해질 무렵에 바라보는 라벤더밭이 가장 아름답다고 생각한다. 노을빛과 라벤더의 보랏빛이 은은하게 섞여 몽환적인 분위기를 만들어 낸다.

이곳 사람들이 라벤더와 함께 기르는 꽃이 하나 더 있다. 빈센트 반 고흐(Vincent van Gogh)가 자주 그림을 그렸던 해바라기다. 아쉽게도

노을빛과 보랏빛이 은은하게 섞인 라벤더 밭

아주 짧은 시간 동안만 같이 볼 수 있는 라벤더와 해바라기

라벤더를 보러 온 사람들은 해바라기를 잘 보지 못한다. 두 꽃의 개화 시기가 다르기 때문이다. 그러나 가끔 날이 따뜻해서 해바라기가 꽃을 일찍 피우는 때가 있다. 라벤더가 서서히 지면서 해바라기가 고개를 내민다. 그 기간은 딱 1주일 이내인데 온통 들판이 보랏빛과 노란빛으로 가득하다.

그런데 아름다움만 있는 건 아니다. 라벤더 농사로 여름 한 철에만 먹고사는 농민들은 점점 늘어나는 관광객 수에 걱정을 내비치고 있다. 나는 시토회에서 운영하고 있는 세낭크 수도원에서 1주일간 지낼 수 있는 기회가 있었다. 세낭크 수도원은 라벤더밭으로 유명한 장소 중 한 곳인데, 그곳에서 수도생활을 하고 있는 수사들도 관광객들 때문에 골머리를 앓고 있었다. 관광객들이 수사들이 생활하는 봉쇄 구역에 함부로 들어간다든지, 수도원 운영에 필요한 라벤더밭에서 사진을 찍으면서 꽃을 밟는 경우가 허다하다고 한다. 주의를 요하는 팻말이 있는데도 말이다.

또 아름다운 꽃이 있으면 벌레가 꼬이는 법이다. 나태주 시인은 〈풀꽃〉이라는 시에서 '자세히 보아야 예쁘다 / 오래 보아야 사랑스럽다'라고 했지만, 라벤더가 풀꽃임에도 불구하고 여기서는 적용이 안 된다. 꽃 하나가 너무 작기 때문에 가까이서 보면 예쁘지 않고 오래 보면 벌들 때문에 고생한다. 길가에 차를 세워놓고 꽃을 멀리서 감상만 하고 있어도 벌들이 윙- 윙- 거리며 날아다니는 소리를 적잖게 들을 수 있다.

내가 프랑스에 와서 처음 라벤더를 보러 간 날도 벌들이 장난 아니게 많았다. 그날 나는 기분이 상당히 상기되어 있었다. 라벤더밭만 보이면 뛰어 들어갔고, 땅에 떨어진 꽃을 바로 주어 코에 갖다 대기 일쑤였다. 그 순간 내 오른팔이 따끔했다. 벌이 내 팔꿈치에 벌침을 쏜 것이다. 내 생애 태어나서 처음으로 벌에 쏘인 순간이었다. 나는 신속히 물로 깨끗하게 씻고 벌침을 뺐지만, 침독으로 인해 반나절 동안 오른팔이 계속 아팠다. 그래서 나는 늘 이곳을 찾는 친구들에게 말한다. 라벤더밭은 "멀리서 봐야 예쁘다. 잠깐 봐야 사랑스럽다."라고.

어느 날 나는 라벤더밭을 잔잔하게 바라보면서 "보라색이야말로 세상에서 가장 아름다운 색깔이구나!" 하고 감탄했다. 보라색은 인위적으로 만들기도 어려워서 오래전부터 로마 황실을 대표하는 색깔이었다. 오묘하고 독특한 매력을 지닌 보라색이야말로 자기 자신을 고귀하게 표현할 수 있는 적합한 색깔이었을 것이다. 너무 튀지도 않고 그렇다고 너무 존재감이 없지도 않으니, 최고의 매력을 지닌 건 확실하다. 여기 프로방스 라벤더밭을 찾아오는 사람들도 그 아름다움을 마음에 담아 가고 싶어 한다. 그 옛날 로마 사람들이 라벤더를 자신의 몸을 치료하는 데 쓴 것처럼, 라벤더의 보라색이 일상에서 지치고 다친 우리 마음을 세련되고 아름답게 바꿔 주고 있는 것일지도 모르겠다.

더운 여름을 나는 방법

볼레(Volet: 덧창) 사이로 스며드는 햇빛이 나의 아침 잠을 깨운다. 아직 봄인데 해가 이른 새벽부터 뜨고 있다. 프로방스의 여름은 봄부터 시작된다. 나의 개인적인 느낌이지만, 더워지는 시기가 점점 빨라지는 것 같다. 내가 처음 프로방스에 왔을 때는 늦봄에 더위가 시작되더니, 지금은 봄이 시작되자마자 해가 땅을 뜨겁게 달구고 있다. 이것을 반증하는 게 얼마 전에 처음 산 선풍기다. 뜨겁지만 건조한 날씨인 이곳의 날씨는 해가 비치지 않는 그늘에 들어가면 시원했다. 그러나 이제 선풍기는 더위를 이기는 데 필수적으로 필요한 도구가 되어버렸다.

보통 5월 말에서 6월 중순이면 모든 학교가 방학에 들어간다. 이때 직장을 다니고 있는 사람들도 슬슬 여름휴가 계획을 짜기 시작한다.

볼레(덧창)가 설치되어 있는 프로방스 집

다들 어떻게 하면 슬기롭게 더위를 피하며 휴가를 보낼 수 있을지 고민한다. 프랑스는 법적으로 5주의 휴가를 보장하고 있다. 보통 한두 주 정도는 일상을 보내다가 쉬고 싶을 때 사용하고, 나머지 한 달가량을 여름휴가에 사용한다. 그래서 매년 7월은 프랑스 대이동이 시작된다. 파리 사람들은 관광객을 피해 외곽으로 떠나고, 남부 사람들은 조금더 시원한 북쪽으로, 북부 사람들은 햇볕을 찾아 남쪽으로 향한다. 휴가는 종교도 비껴 나가지 않는다. 성당을 지키는 신부님들도 문을 닫고 휴가를 떠난다.

나는 멀리 떠나지 않고 동네 주변에 있는 휴양지를 이용하며 더위를 즐긴다. 프로방스는 프랑스 사람들뿐만 아니라 유럽 사람들에게도 아주 유명한 휴양지다. 비록 한여름에는 영상 45도에 다다를 정도로 혹독한 더위를 겪어야 하지만, 그마저도 이길 수 있는 게 프로방스의 자연환경이다.

가장 가까운 곳에서 더위를 이겨낼 수 있는 곳은 마르세유(Marseille)다. 버스를 타고 40분이면 다다르는 비유 포트(Vieux Port)에는 배가 정박하는 항구가 있다. 여기서 배를 타고 이프 섬(Île d'if)이나 프리울 섬(Îles du Frioul)에 갈 수 있다. 특히 이프 섬에 있는 묵직한 건물은 몬테크리스토 백작 소설의 배경이 되기도 했다. 어딜 봐도 바다밖에 보이지 않는 이 프리울 섬에는 모래사장이 가득한 해변이 군데군데 있다.

절벽 위 마을 고흐드

바닷물에 들어가지 않아도 파라솔을 펴고 모래사장에 누워만 있으면 사방팔방에서 불어오는 지중해풍이 온몸을 시원하게 감싼다.

나는 조금 더 멀리 나가고 싶을 때 엑상프로방스 북서쪽부터 아비뇽이 있는 동쪽까지 여행하는 걸 즐긴다. 대중교통으로 갈 수 없기 때문에 반드시 차를 운전해서 가야 한다. 다행히 나는 학교에서 학생들

생트 크루와 호수

이 쓸 수 있는 차가 있어서 방학 때면 남는 차를 운전해 여행을 즐기고 있다. 하필이면 왜 북서쪽부터 여행하는 걸 즐기는지 궁금할 수도 있겠다. 거기엔 내가 가장 사랑하는 베르동 협곡(Gorges du Verdon)이 있기 때문이다. 물줄기만 약 35km로 길게 뻗어있고 협곡 높이가 자그마치 700m나 된다. 물 색깔은 진한 옥색 빛을 띠는데, 나는 이를 두고 선녀가 하늘에서 내려와 목욕을 하다가 실수로 옥돌을 빠트리고 간 거라

베르동 협곡

고 비유한다. 그만큼 아름답고 황홀한 정취를 보여주고 있다. 베르동 협곡에서부터 내려온 물줄기를 일부러 막아 생긴 생트크루아 호수(Lac de Sainte-Croix)도 있다. 신기한 것은 물줄기가 호수로 내려가면 갈수록 색깔이 바뀐다는 것이다. 옥색 빛이었던 물 색깔은 어느새 군청색으로 변한다. 사람들은 절벽 위에 올라가 다이빙을 하거나, 보트를 빌려서 노를 저어 호수와 협곡을 누빈다. 그러면 협곡 상류에서부터 솔솔 불어오는 바람과 차디찬 호수의 물이 온몸을 시원하게 적시며 기분 좋게 만든다.

협곡 근처에는 절벽 한 가운데에 세워진 무스티에 생트 마리(Moustiers-Sainte-Marie)라는 작은 마을이 있다. '프랑스에서 가장 아름다운 마을(les Plus Beaux Villages de France)'로 선정된 이곳은 한 수도원에서 역사가 시작됐다. 6세기 초 칸느의 레랑스 섬(Îles de Lérins)에 살고 있던 수도자들은 이곳에 자리를 잡아 성모 마리아를 위한 수도원을 지었다. 사람들이 드나들기 힘든 고요한 곳에서 기도 생활을 하기에 적합한 장소였다. 그러나 수도자들에게 기도를 요청하고 함께 미사를 드리고 싶어 했던 사람들이 모이기 시작했고, 지금의 작은 마을이 형성되었다. '무스트에 생트 마리'라는 이름도 수도원에서 나온 말이다. 절벽 끝에는 원래 수도원 성당이 있던 자리에 지은 보부아르의 성모 경당(Chapelle Notre-Dame de Beauvoir)이 있다.

무스티에 생트 마리 전경

바위 틈에 세워진 무스티에 생트 마리 ⓒ 박준호

이 마을이 더 유명해진 것은 절벽 사이에 조그맣게 걸려있는 별 하나 때문이다. 프로방스의 유명한 작가 프레데릭 미스트랄(Frédéric Mistral)에 따르면, 이야기는 중세까지 거슬러 올라간다. 13세기 이 마을 출신 블라카(Blacas)라는 기사는 십자가 전쟁 중에 사라센인들에게 붙잡히게 된다. 그는 다시 고향 땅을 밟을 수만 있다면 성모 마리아께 존경의 마음을 담아 자신이 감싸고 있는 쇠사슬에 성모 마리아와 자기 가문의 상징인 별을 달아 봉헌하겠다는 약속을 했다. 사라센의 칼리프는 블라카를 무슬림으로 개종시키려고 했지만, 그의 강인한 신앙에 반하여 석방하기에 이른다. 블라카는 고향 마을에 돌아와 성모 마리아에게 약속한 대로 사슬에 별을 묶어 마을 골짜기에 달았는데, 지금까지 이 전통이 이어지고 있다.

여기서 동쪽으로 약 110Km 정도 가면 비슷한 마을이 있다. 바로 고흐드(Gordes)와 세낭크 수도원(Abbaye Notre-Dame de Sénanque)이다. 여기 또한 프랑스에서 가장 아름다운 마을로 선정되어 많은 관광객들이 방문하고 있다. 절벽에 요새처럼 세워진 고흐드는 8세기 성 베네딕토회 수도자에 의해 생겨났다. 이후 수도자를 따르는 사람들과 외부 침략을 피해서 밀려온 사람들을 위해 점차 요새화가 되었고, 지금의 모습으로 발전하게 되었다. 고흐르에서 가까운 거리에 있는 세낭크 수도원은 시토회에서 12세기에 세웠다. 성 베르나르도의 권고에 따라 두메산골 좁은 평지에 자리 잡고 있다. 수도원 성당을 중심으로 뻗어있는 마을 골목길을 따라 천천히 걸으면 마치 중세 시대에 들어와 있는 듯한 느낌을 받는다. 그때 살았던 사람들의 모습은 사라졌지만, 수많은 건물과 돌바닥은 그때의 정취를 느끼게 하고 있다.

여름휴가의 마지막 종착지는 아비뇽 근처의 레보드 프로방스(Les Baux-de-Provence)다. 이곳은 예전부터 프로방스와 성을 짓기 위해 필요한 돌을 공급했던 채석장이 있었다. 석회질 모래가 응집되어 만들어진 돌은 자르기 쉬웠고, 색깔마저 하얗고 티가 없어서 건축자재로 유명했다. 그러나 제1차 세계대전 이후 새로운 건축자재가 개발되고 더 이상 석회질의 돌이 필요 없게 되면서 1935년 최종적으로 문을 닫기에 이른다. 그러나 험준한 산속에 독특한 분위기를 자아내는 채굴장은 여러 예술가에 의해 무대로 사용되었고, 마침내 2012년 '빛의 채석장(Carrières des Lumières)'이라는 이름으로 개장되었다.

이곳에는 백 여대의 빔프로젝터가 설치되어 있다. 매년 다른 예술 작품을 현대기술로 재해석해 하얀 석회암 벽에 투사하고 있다. 이곳이 인기 있는 이유는 단순히 그림을 보여주는 데 그치지 않고 섬세한 시나리오에 따라 그림이 생동감 있게 움직이기 때문이다. 그래서 여기서 비추는 작품을 상영이라고 하지 않고 공연이라고 부른다. 매년 공연 주제는 바뀐다. 올해는 클림트의 작품이었다면, 내년에는 고흐의 작품을 보여준다. 이렇게 1년간 공연한 작품은 전 세계로 수출한다. 우리나라 제주 빛의 벙커와 서울 빛의 시어터에서 볼 수 있는 공연도 프랑스 빛의 채석장에서 공연을 끝내고 가져와서 보여주는 거다.

빛의 채석장의 공연은 약 1시간가량 진행된다. 그런데 이곳을 방문하는 친구들에게 항상 얘기하는 게 있다. 삼복더위에 지쳐있더라도 꼭 긴팔옷을 가져가라고 부탁한다. 산골에 있던 채석장을 탈바꿈한 곳이라서 빛의 채석장 내부는 언제나 서늘하게 유지되고 있다. 자칫하다간 감기에 걸릴 수도 있을 정도로 춥다.

빛의 채석장 내부

이열치열(以熱治熱)이라는 말이 있지만, 더위를 마주 보는 것보다 피할 수 있을 때 피하는 게 상책이다. 내가 프로방스에서 벗어나지 못하는 이유도 더위를 피할 수 있는 장소가 충분히 있기 때문이다. 휴가를 가리키는 프랑스어 바캉스(les Vacances)는 라틴어 바까레(Vacare)에서 나왔다. 비어있는 상태를 뜻한다. 그러니까 평상시에 생각하고 고민하던 모든 것을 비우고, 있는 그대로 시간을 보내는 게 바로 바캉스다. 필요 이상으로 무엇을 할 필요가 없다. 그렇게 휴가를 적절하게 보낸 프랑스 사람들은 학교와 직장에 복귀를 하면서 새로운 시작(la Rentrée)을

한다. 그러면서 서로 꼭 물어보는 게 있는데, "다음 휴가는 어디로 갈까?"라는 것이다. 휴가를 마치고 다음 휴가를 기대하는 이 삶, 참 좋아 보이지 않은가.

니스에서 한 달

학업 프로그램에 따라 일 년에 한 달씩 봉사활동을 해야 한다. 철학과 신학이 학문에 갇혀있지 않고 세상에 살아 숨 쉬어야 한다는 의도가 있다. 보통 자기가 관심 있어 하는 분야, 혹은 사는 곳과 가까운 곳을 찾아 문의를 해서 봉사활동을 시작한다. 그러나 나는 외국인이고 알고 있는 기관이 없어서 학교에 의뢰를 할 수밖에 없었다. 다행히 4명의 동료 학생이 포함되어 우리는 한 그룹이 되었고, 니스(Nice)에 있는 한 요양병원에 파견되었다.

남프랑스에서 가장 큰 요양병원인 이곳은 '나의 집(Ma maison)'이라는 시설로서, 가난한 이들의 작은 자매회(Congrégation des Petites Sœurs des Pauvres) 수녀들이 운영하고 있었다. 수녀회의 설립자인 잔 주강(Jeanne Jugan)은 어느 한겨울 날 쓰러져 있던 노인을 업고 와서 마치 친

어머니처럼 돌보기 시작했는데, 이게 바로 수녀원의 시작이었다. 수십 년 동안 어른들을 돌보며 살아왔던 잔 주강은 후임자의 질투에 의해 겨나고 역사 속으로 사라지게 된다. 그럼에도 불구하고 그녀는 개의치 않고 오직 기도하며 봉사하는 삶으로 끝까지 살았다.

수녀원 설립자의 카리스마는 내가 지낸 시설에 고스란히 녹아있었다. 노인들이 가족의 품을 떠나 시설에 입소한다고 하면 선뜻 내키지 않는 게 사실이다. 그러나 이곳은 시설이라고 느끼지 못할 만큼 최고급 시설을 갖추고 한 명, 한 명 성격에 따라 돌보고 있었다. 가끔은 공동체 시간도 진행해서 어르신들이 온 힘을 다해 자아를 성취하도록 도움도 준다. 또 잔 주강이 그랬던 것처럼, 수녀들과 봉사자는 단순히 일을 하는 게 아니라 친가족이나 마찬가지로 대하면서 어느 때나 진심을 다해 봉사하려고 한다.

나는 이곳에서 식사 준비를 하고 배식하는 역할 맡았다. 직접 식사를 받아 가는 사람들도 있었지만, 거동이 불편해 내가 직접 식탁에 갖다줘야 할 때도 있었다. 어떤 사람들은 고기가 싫고, 또 다른 사람들은 이 반찬이 싫다는 등 각자의 취향에 맞춰 식사를 배식해야 했다. 식사와 식당 정리까지 마치면 잠깐의 쉬는 시간을 가졌고, 점심과 저녁 식사 사이에는 건물 1층 환경미화를 담당했다. 벽에 부착되어 있는 안전봉을 잡고 천천히 산책하는 분들을 마주칠 때마다 나는 불편

한 건 없는지 물어보기도 했고, 그들이 필요한 게 있다면 직접 가져다 주기도 했다.

봉사활동을 하면서 가장 중요하게 생각했던 건 바로 표정이었다. 비록 학교 프로그램으로 보내진 거였지만, 내가 기쁜 마음으로 노인들을 위해 봉사하고 있다는 걸 보여주고 싶었다. 힘들고, 지쳐도 그분들이 내 앞에 있으면 억지로라도 웃음을 지으려고 했다. 어떤 분들은 내가 이렇게 노력한다는 걸 눈치로 알아차리기도 했다. 그러면서 호주머니

에 있는 각종 사탕과 초콜릿을 몰래 내 손에 쥐어주며 힘내라고 응원의 한마디도 해줬다. 나는 프랑스어를 완벽하게 잘하지 못했지만, 이곳에 계시는 분들과 대화하는 걸 즐겼다. 단순히 지나가는 분들에게 인사를 건네는 것뿐만 아니라 조금 더 이야기를 나누려고 노력했다. 아무래도 먼 곳에서 온 내가 프랑스어를 하며 대화를 시도하는 게 신기했나 보다. 오히려 어르신들은 나에게 프랑스에 살면서 어려운 점은 없는지 물어보며 위로해 줬고, 내가 프랑스어 발음을 잘못하면 고쳐주는 것도 그분들의 몫이었다.

이른 아침의 니스 바닷가 산책로

내가 니스에서 찾은 작은 행복도 있었다. 매일 아침마다 해변가를 따라 산책하는 거였다. 영국인 산책로라고 불리는 프로메나드 데 장글래(Promenade des Anglais)는 거리만 7km에 달한다. 해가 뜨면 전역에서 찾아온 관광객들이 이 모든 공간을 차지하는데, 이른 아침마다 아무도 없는 이곳을 걷고 있으면 오묘한 기분이 든다. 그때만큼은 관광지의 바다가 아니라 내 바다, 내 해변이 되어버린다. 고요함을 깨트리는 건 오직 바닷가의 흐름에 따라 움직이는 자갈 소리였다. 날이 따뜻해지면 신발과 양말을 벗고 바닷가에 들어가서 걸었다. 바닷물은 생각보

니스 시내 모습

다 차가웠다. 발끝에 느껴지는 온도와 모래사장의 까끌까끌함은 내 정신을 맑게 해줬다.

니스는 엑상프로방스와 다른 분위기를 자아냈다. 건물 색깔이 더 노랗고 화려한 장식이 눈에 띄었다. 성당도 고딕양식보다는 바로크 양식에 가깝게 지어졌다. 그래서 나랑 같이 봉사활동을 하고 있는 니스가 고향인 친구에게 내 궁금증을 물었더니 이렇게 대답했다. "니스는 원래 이탈리아 땅이었어. 나중에 나폴레옹이 여길 정복하면서 프랑스 땅이 되었지." 이탈리아를 통일시켜 영웅으로 추앙받는 주세페 가리발디(Giuseppe Garibaldi)도 바로 니스 출신이었다. 국경 인근에 위치한 아름다운 도시인 니스를 두 나라는 오랜 시간 호시탐탐 욕심냈다. 갖은 모략과 괴롭힘, 군사적 충돌까지 마다하지 않았다. 그 사이에서 얼마나 많은 난민과 가난한 사람들이 생겨났을까. 살레시오회를 세운 성 요한 보스코가 이탈리아를 벗어나, 처음으로 가난한 청소년을 위한 교육 시설을 니스에 세운 것도 이와 무관하지 않을 것이다.

나는 이곳에서 지내며 분명 니스는 그저 아름답기만 한 도시는 아니라고 생각했다. 비록 더 많은 관광객들이 찾아오고, 주변에 있는 모나코, 칸느, 그라스, 생폴드방스 등 소도시에 쉽게 갈 수 있는 최적의 위치에 있더라도, 니스는 분명 아픔 속에 다시 피어난 한 송이의 꽃이나 마찬가지다. 이제 그 꽃이 더 이상 꺾이지 않고 오랜 시간 아름다움을 빛내기를 바라본다.

눈 내리지 않는 노엘

남프랑스는 연중 따뜻한 날씨다. 한겨울에도 나무의 이파리만 말라서 떨어질 뿐, 기온이 영하까지 내려가지 않는다. 내가 지금까지 여기서 눈을 본 건 딱 두 번이다. 쌓이는 눈은 아니고 땅에 닿으면 바로 녹는 눈이었다. 춥지는 않지만 으스스하고, 눈은 내리지만 쌓이지 않는 애매모호한 때가 바로 남프랑스의 겨울이다.

프랑스에서 크리스마스는 노엘(Noël)이라고 부르는데, 으레 그렇듯 이런 날씨에도 노엘은 찾아온다. 가톨릭에서는 12월 25일 전의 4주 동안 대림시기를 보낸다. 아기 예수를 맞이하기 전 각자의 마음을 준비하고 성찰하는 시간을 갖는다. 가톨릭이 국교였던 프랑스에서는 대림시기의 시작과 함께 노엘 축제를 준비한다. 거리에 있는 가로등과 관공소에는 각종 크리스마스 전구가 걸리고, 널따란 공간에는 전부 아

NOËL
P

이들을 위한 작은 놀이동산이 만들어진다. 회전목마부터 코끼리 기차 등 화려하게 꽂혀있는 전등과 기구에서 흘러나오는 흥겨운 노랫소리가 아이들을 적극적으로 움직이게 한다.

사람들이 자유롭게 구경하고 즐길 수 있는 노엘 마켓도 준비한다. 작은 상점을 일렬로 설치해 각종 수공예품과 크리스마스 장식품을 판매한다. 입으로 즐길 수 있는 거리도 있는데 바로 츄러스와 도넛 그리고 뱅쇼다. 이때만 먹을 수 있는 음식이라 매일 문전성시를 이룬다. 이곳에서 수년째 사는 사람으로서 꾸며지고 차려지는 건 매년 똑같다. 그렇지만 거리를 거닐며 크리스마스를 기다리는 사람들의 마음은 언제나 설렘으로 가득 차다.

프로방스에는 쌍똔(Santons)이라는 독특한 전통이 있다. 쌍똔은 아기 예수의 탄생 장면을 입체적으로 만든 토기인형이다. 프랑스 혁명으로 가톨릭교회가 박해받던 시절, 이 지역에 살던 한 사람이 혁명군의 눈에 띄지 않게 노엘을 기념하려고 작은 토기를 만들어 구유를 꾸몄던 게 기원이다. 일반적인 구유와 차이점이 있다면, 쌍똔은 크기가 작은 것부터 큰 것까지 다양하고 프로방스 스타일의 옷을 입고 있다. 그리고 아기 예수가 탄생한 마구간만 재현하지 않고 프로방스의 마을 전체를 꾸민다. 성당, 시청, 빵집, 정육점, 치즈 가게 등 마을에 있을 법한 건물을 작게 표현한다. 마을에 사는 사람들과 동물도 아주 세세하게 만

프로방스 전통 토기 인형인 쌍똔

들어지는데, 노엘 마켓에서만 열리는 쌍똔 가게에는 각 마을을 상징하는 특별한 쌍똔도 판다. 예를 들어 엑상프로방스는 '그림 그리는 폴 세잔'을 만들어 판매하고 있다.

더 흥미로운 것은 사람들이 아주 잘 보이는 거리에 쌍똔을 미리 장식해 놓는데, 아기 예수가 탄생할 마구간은 언제나 빈자리로 남겨둔다. 아직 예수가 탄생하지 않았다는 걸 상징적으로 드러내는 것이다. 그리고 24일 밤, 성당에서 노엘 미사를 마치면 아이들은 어른들로부터

마구간 안에 아직 안 놓인 아기 예수 쌍똔

아기 예수 쌍똔을 받고 그 빈자리에 놓는다.

프랑스에서 노엘은 성 요셉과 성모 마리아가 아기 예수를 낳아 성가정이 되었듯이, 온 가족이 한데 모이는 날이다. 24일 오후, 가족의 구성원은 집안의 가장 큰 어른의 집에 모인다. 마치 우리나라의 설날이나 추석과 같다. 노엘의 시작은 언제나 성당에서 함께 드리는 미사다. 가족 구성원이 어릴 때 다녔거나, 세례를 받았거나, 조금이라도 추억이 담겨있는 특별한 장소다. 또 가톨릭 문화가 뿌리 깊게 박혀있는 프랑스에서 미사는 가족들을 한데 모으고 노엘의 진정한 의미를 되살리게끔 하고 있다.

나는 노엘이 되면 바빠진다. 엑상프로방스 시내 한 가운데에 우뚝 세워져 있는 생소뵈르 대성당은 내가 여기에 도착할 때부터 다니던 성당이다. 노엘 때는 나도 두 팔을 걷어붙이고 신부님을 돕는 일을 한다. 평소보다 많은 사람들이 모이는 날이기에 미사 횟수는 세배로 늘리고 의자로 빈틈없이 놓는다. 어떤 때는 제단 위 신부님들이 앉는 자리까지 사람들을 앉히고 아이들은 바닥에 방석을 깔고 앉게끔 했다. 나는 신부님을 도와 복사를 서면서 미사 중에 축성된 빵을 신자들에게 나눠준다. 이때 사람들 중에 가톨릭 신자가 아니거나 신자였던 사람을 단박에 알 수 있다. 신부님과 봉사자는 제단 앞으로 나온 신자들에게 "그리스도의 몸!"이라고 외치는데, 신자들은 특별한 제스처를 취하며 "아멘!"이라고 외쳐야 한다. 그런데 신자가 아니거나 신자였던 사람은 아무런 대답을 하지 못한 채 그냥 들어간다. 혹은 축성된 빵을 달라고 조르기까지 한다. 한번은 내 또래로 보이는 여성이 "아멘!"이라고 대답하지 않고 "어.. 음.. 메르시!(감사합니다.)"라고 말해서 주변에 있던 사람들이 웃은 적도 있었다.

미사를 마치면 신자들은 각자 집으로 돌아가 만찬을 즐긴다. 가족이라도 식탁에 자유롭게 앉을 수 있는 건 아니다. 집안의 가장 큰 어른이 각자 앉는 자리를 지정해 주거나 미리 식탁에 이름표를 달아놓는다. 음식은 가장 비싸고 귀중한 재료로 만든 요리로 차려진다. 가리비에 치즈를 올려 구운 것부터 각종 고기와 해산물이 식탁에 올라온다. 가장 인상깊은 것은 식탁 한가운데에는 언제나 생굴이 쌓여 있다는 것이다. 겨울에 먹어야 가장 맛있는 굴은 프랑스에서 고급 요리에 속한다. 그것을 쌓아놓고 먹을 수 있는 건 오직 노엘 때뿐이다. 식사 후에는 통나무를 형상화한 부쉬드 노엘(Bûche de Noël) 케이크를 먹으며 마무리한다.

노엘 장식이 있는 엑스 시청

프랑스에서 혼자 살고 있는 나로서는 이런 가족적인 식사 자리가 부럽기만 하다. 이런 내 마음을 알아차렸는지, 미사 후에 많은 신자들이 나를 초대해서 마치 가족처럼 챙겨주고 있다. 지난 노엘에는 엑상프로방스 시내 한가운데에 있는 대저택에서 받은 식사 초대를 받았다. 90세가 훨씬 넘은 안나 할머니는 조상 대대로 귀족 가문의 일원으로서 이

대저택을 지키고 계셨다. 집안에 들어서자, 응접실부터 입을 딱 벌릴 수밖에 없었는데, 수백 년 전부터 내려오는 각종 장신구가 즐비해 있었다. 또 마치 영화에 나오는 세트장처럼 조상들의 초상화가 액자에 끼워져 온 벽을 둘러싸고 있었다. 안나 할머니는 초상화를 가리키며 이분은 자기의 증조할아버지시고, 저분은 고조할머니시라며 1시간 가까이 조상에 관한 이야기를 신나게 늘어놓으셨다.

그러나 화려함 속에 안나 할머니는 무척이나 외로워 보였다. 슬하에 세 명의 아들과 한 명의 딸을 뒀고, 그녀의 손자, 손녀들도 셀 수 없이 많아서 대저택은 시끌벅적했지만, 할머니에게 먼저 말을 거는 사람은 손에 꼽을 정도였다. 그리고 만찬이 끝나면 밤 늦은 시간임에도 불구하고 모든 가족들이 각자의 집으로 돌아가 버렸다. 나는 빈 공간의 황량함을 안나 할머니에게 안기고 싶지 않았다. 응접실과 식사 자리에서 주로 대화를 하던 사람도 나였기에, 나는 조금 더 늦게 귀가하기로 결심하고 할머니와 노엘의 저녁을 즐겼다.

안나 할머니는 나에게 솔직한 마음을 고백하셨다. “자녀들이라 봤자 다 소용없어. 어차피 형식적으로 오는 애들이잖아.” 그리고 다시 말을 이으셨다. “고마워, 너로 인해 올해는 노엘이 외롭지 않았어!” 할머니는 나에게 자녀들에게 주려고 했던 과자 선물을 잔뜩 안겨주셨다. 또 원하는 대로 쓰라는 백지수표(실제로 많은 금액을 쓰지 않았다.)와 아기 예수

노엘 장식이 있는 로통드 분수

쌍똔도 받았다.

나는 내 방에 돌아오자마자 조그맣게 차려진 쌍똔에 아기 예수를 내려놓으며 기도했다. 노엘이 화려한 장식에 가려지지 않고 모든 사람들에게 기쁨이 전해지기를 바랐다. 축제가 사람을 위해 존재하듯 노엘은 지금 살아가는 우리를 위한 것이다. 안나 할머니를 비롯한 여러 사람들이 나를 보살펴 준 것처럼, 평소에 미처 바라보지 못한 사람과 더불어 기쁨을 나누는 노엘이 계속되었으면 좋겠다.

운전하면서 느낀 것들

한국 사람은 프랑스에서 운전면허증을 무료로 교환할 수 있다. 다시 필기시험을 보고 또 주행 시간을 채워서 그 나라 운전면허증을 따야 하는 게 아니다. 프랑스에 도착한 직후 1년 이내에 한국 운전면허증을 내가 살고 있는 지방 경시청에 제출하면 프랑스 운전면허증으로 바꿔서 준다. 물론 한국 사람 누구에게나 해당하는 건 아니다. 여행객은 해당사항이 안되고, 교환학생이나 유학생처럼 학생 비자를 갖고 있어도 교환이 불가능하다. 나는 유학생 신분이었지만 엑상프로방스 대교구에서 나를 초대했고, 방문자(Visiteur) 비자를 갖고 있어서 가능했다.

방법은 간단했다. 한국에서 운전면허를 발급받았다는 증명서와 운전을 했었다는 경력 증명서 그리고 비자 관련 서류, 마지막으로 내 조그만 한국 운전면허증을 경시청으로 보내면 됐다. 그리고 몇 주가 지나면 서류 접수에 문제가 없다며 확인증이 나에게 전달된다. 문제는 여기서부터다. 우리나라를 벗어나면 공기업 업무 처리 능력이 오래 걸리는 건 당연하지만, 하염없이 기다려야 한다. 기다려야 하겠다는 의식조차 없어져서 내가 운전면허증 교환 신청을 했다는 사실을 잊고 살아야 받을 수 있다.

나는 프랑스 운전면허증을 받는 데 꼬박 11개월 걸렸다. 그렇게 좋지 않은 종이에 사진을 흑백으로 인쇄해서 허접하게 코팅한 듯한 프랑스 운전면허증. 이걸 받으려고 그 오랜 시간 인내하며 살았던 거다. 운전면허증이 담겨있는 봉투가 집 우편함에 꽂혀있었을 때 감격의 눈물보다는 욕 한 바가지를 내쏟기만 했다. 그만큼 기다림의 시간이 한국 사람에겐 무척이나 힘들다. 그런데 이 사연을 내 프랑스 친구에게 말했다가 더 큰 욕을 할 뻔했다.

그날은 새로 받은 운전면허증을 손에 쥐고 학교에 가던 때였다. 기숙사에서 학교까지 짧은 거리를 걷는 내내 한숨을 퉤퉤 뱉으며 걸었다. 이 모습을 본 친구가 무슨 일이 있냐고 물었고, 나는 지난 11개월의 기나긴 여정을 아주 짧게 요약해서 말해줬다. 그 친구는 내 얘기를 가볍게 듣고선 한마디를 딱 했는데, 이 말에 나는 진절머리가 나버리고 말았다. “11개월 걸렸다고? 와, 엄청 빨리 받았네! 난 1년 이상 걸렸어!" 프랑스 3대 이념 중에 평등(Égalité)처럼, 프랑스 행정 처리 속도는 외국인뿐만 아니라 프랑스 사람에게도 자비가 없다는 걸 깨달았다.

프랑스 운전면허증은 프랑스뿐만 아니라 유럽 연합 안에서 자유롭게 쓸 수 있는 이른바 '천하무적 면허증'이었다. 나는 엑상프로방스 시내뿐만 아니라 가까운 마르세유, 그리고 저 멀리 피레네산맥을 넘어 스페인까지 달리고 달렸다. 자동차는 학교에서 제공해 줬다. 학과 학생들을 위해 무상으로 빌려주는 공용 차량이 여섯 대나 있었다. 대부분 20년 가까이 된 고물 차량이었고, 우리나라에선 더 이상 사용하지 않는 수동 기어 차량이었다. 평소에 이 차량은 학과 실습이나 행사 아니면 세미나 참석을 위해 사용한다. 학생들 대부분 운전면허증이 없기 때문에 당연히 공용 차량 중 한 대는 내가 운전해야 했다.

나에게는 8년밖에 안 된 르노 클리오 자동차가 배정되었다. 나름 새 차였다. 게다가 유일한 오토 기어로 운전할 수 있는 차였다. 나중에 알고 보니 프랑스 학생들의 쓸데없는 자존심이 한몫한 것이었다. 그들은 오토로 운전하는 건 운전하는 게 아니라며 이 자동차를 반납했다는 거다. 이해할 수 없었지만, 어찌 되었든 나에게 가장 좋은 차가 배정되었다는 사실에 기뻐하지 않을 수 없었다.

무릇 익숙하지 않은 곳에서 운전을 하면 겁부터 나기 마련이다. 그런데 나는 프랑스가 한국보다 운전하기 편한 나라라고 자신 있게 얘기할 수 있다. 국도와 고속도로, 인터체인지 등 길이 어떻게 닦여있는지는 얘기할 수 없다. 일직선으로 뻗어있고, 까만 아스팔트가 두껍게 깔린 방식 등 도로를 만든다는 건 다 똑같기 때문이다. 그런데 내가 운전하기 편하다고 말하는 건 이 나라 사람들이 갖고 있는 운전 매너다. 저 멀리 사람이 보이면 속력을 일찍부터 줄여서 그 사람이 도로를 건널 수 있게 한다. 그곳이 횡단보도이든 아니든 상관없다. 사람이 자동차보다 먼저다. 그렇다고 운전자가 짜증을 내는 것도 아니고 웃으면서 보행자에게 먼저 가라고 손짓한다. 가끔은 그 보행자가 입으로 "감사합니다.(Merci beaucoup)"라고 말하거나 엄지척하며 최고라고 가리킬 땐 운전하는 사람으로서 잘했다는 생각이 들기도 한다.

또 고속도로에서는 대부분 교통법규를 잘 지킨다. 1차선은 무조건 추월 차선, 자가용은 2차선을 달려야 하고, 화물차나 트럭 등 대형 차량은 가장 바깥 차선을 이용해야 한다. 만약 1차선에 추월을 할 상황이 아닌데 차가 들어와 있으면 왼쪽 깜빡이를 켜며 곧 2차선으로 변경할 거라는 신호를 보여준다. 고속도로를 나가야 할 때는 미리 준비한다. 도로 안내판에 고속도로 출구까지 5Km 정도 남았다고 하면 프랑스 운전자들은 그때부터 가장 바깥 차선으로 조금씩 바꿔서 속도를 늦추고 나갈 준비를 한다. 또 국도 대부분은 신호등이 없다. 사거리엔 회전 교차로가 꽤 많이 설치되어 있다. 가운데 동그란 구조물을 중심으로 자동차가 빙빙 돌아 자신이 나가야 하는 방향으로 나가는 구조다. 이 회전 교차로에서는 이미 들어와 있는 차가 먼저다. 차가 보이면 진입하려는 차는 무조건 멈춰서 기다려야 한다. 그리고 나가려고 할 때 방향 지시등을 켜고 미리 뒤 차량에게 신호를 준다. 이 모든 법규나 운전 매너는 우리나라에도 존재한다. 그러나 이것을 알고 있는 운전자가 얼마나 있을까? 설사 알고 있다고 하더라도 직접 실행하는 사람은 극소수일 것이다.

그렇게 운전한 지 4년 차가 되었을 때 리옹에서 엑상프로방스로 돌아가는 길이었다. 이제는 익숙한 아셉(A7) 고속도로를 타고 한창 달리고 있었다. 그렇게 빨리 달리는 건 아니었지만, 막히지 않았고 모든 차량이 여유 있게 자기 갈 길을 가고 있는 중이었다. 나는 순간 이토록 편안한 운전이 있을까 하며 감탄을 하기 시작했다. 그리고 한국은 왜 도로에서 싸우고, 늘 막히고, 운전 매너가 없는 사람이 많은지 개탄스러웠다. 한참 고민하다가 이윽고 이런 생각에 도달했다. 우리나라는 '집단 이기주의'에 빠져있다고. 공동체성을 강조하지만 그렇다고 공동체는 잘 이루지 못하고, 개인주의라고 하지만 그렇다고 꼭 개인주의가 아닌 모습이 우리나라에서 커가고 있다. 나만 좋다고 생각하는 가치가 여러 사람이 모여 소규모 집단이 이뤄지는 집단 이기주의. 이게 우리나라의 현실이라는 안타까운 생각이 들었다. 바로 이런 모습이 우리나라 도로 위에도 나타나고 있는 게 아닐까 싶다. 나만 빨리 가면 되고,

나만 차선 바꾸면 되고, 나랑 뒤에 따라오는 아는 사람 차만 배려해 주는 이런 모습. 세상 편안한 운전을 하면서 가슴 한편은 불편한 운전이 아닐 수 없었다.

Part 4

한계를 뛰어넘어

나는 프랑스어가 싫어요

프랑스에서 어느 정도 살았으면 프랑스어를 유창하게 할 것이라고 생각하지만, 전혀 그렇지 않다. 오히려 더 많은 스트레스를 받는다. 한국인이 몇 명 없는 동네에서 하루 종일 프랑스어로만 대화를 하다 보니 문장 구조는 어느 정도 이해할 수 있게 됐다. 문제는 단어다. 같은 뜻이라도 조금씩 의미가 다른 단어가 너무 많다. 한국어에도 이런 단어가 많다. 예를 들어 파란색이 푸른색, 퍼런색, 푸르스름한 색 시퍼런 색 등 조금씩 의미가 다르게 나눠져 있다.

언어에 관심이 많은 친구의 지극히 사적인 설명에 의하면, 르네상스 시대에 각 가문 별로 특별한 단어가 필요했는데, 너무 많은 단어를 만들어 내다 보니 지금 이 지경이 되었다고 한다. 덕분에 프랑스어는 가장 정확하게 말할 수 있는 국제 언어로 성장했고, 국제연합(UN)과 유

엑스마르세유 대학교 프랑스어 학당

럽연합(EU)처럼 웬만한 국제기구는 프랑스어를 공용어로 사용하고 있다. 올림픽 경기장 방송에서도 프랑스어가 첫 번째로 나오는 것을 쉽게 들을 수 있다. 우리가 월드컵으로 잘 아는 국제축구연맹의 약자인 피파(FIFA)도 프랑스어다.

프랑스 사람들에게도 프랑스어는 매우 어려운 언어다. 자기네 언어가 최악의 언어라는 걸 쉽게 인정한다. 현지인에게도 환영받지 못하는 이 언어는 듣는 대로 써지지 않고 말하는 대로 이해되지 않는다.

발음을 정확히 하지 않으면 무슨 뜻인지 전혀 알기 힘들다. 대화 도중에 상대방에게 다시 물어보고 사전을 찾아보는 건 기본이다. 심지어 소수의 프랑스 사람들은 주어에 따라 바뀌는 동사 변형 책을 갖고 다니기도 한다.

외국인인 나에게 프랑스어는 어떤 언어인지 곰곰이 생각해 봤다. 알면 알수록 알고 싶지 않은 언어다. 그러나 내가 살려면 알아야 하는 언어이기도 하다. 내가 프랑스 사람들을 만나면 항상 하는 말이 있다. "저는 프랑스어를 잘 못합니다. 매일 어렵고 힘들어요!"

프랑스 친구들은 나에게 "이미 잘하고 있다."라며 응원을 해주지만 여전히 말하는 데 부족함을 느낀다. 어떤 때는 나 자신이 한없이 초라해지기까지 한다. 예를 들어 밥을 먹으면서 대화에 동참해야 하는 상황이 무척이나 어렵다. 프랑스는 보통 동그란 식탁에서 밥을 먹는다. 누구를 위한 상석이 없고 공평하게 대화를 나누려는 프랑스 사람들의 지혜가 담겨있다. 이 식탁 위에서 프랑스 사람들은 정말 많은 이야기를 나눈다. 한두 시간 사이에 몇십 개의 주제가 왔다 간다. 꼭 주제를 만들어서 대화하기보다는 아무 얘기나 꺼내서 함께 웃고 떠드는 게 식탁 위에서의 대화다. 거기서 나는 한 박자 늦게 이해하고 또 한 박자 웃음이 터진다. 다른 사람들이 주고받는 대화를 내 머릿속에서 번역을 해야 하기 때문이다. 입으로는 음식물을 씹고 있으면서 머리에서는 내가 배웠던 단어를 다시 기억해 내야 한다는 게 여간 힘든 일이 아니다. 프랑스에서의 첫 몇 달은 체할까 봐 제대로 밥도 못 먹은 적도 있었다. 종종 내 주변에 아량이 넓은 프랑스 친구가 앉는 날이면 프랑스어를 더 쉬운 프랑스어로 설명을 해주기도 하지만, 나에게 밥 먹는 자리는 여전히 큰 스트레스다.

최근 들어서는 대화를 아예 들으려고 하지 않는 날이 많았다. '대화는 무슨 대화야! 밥이나 먹자.' 하고 말이다. 옆에서 무슨 말을 하든 아랑곳하지 않고 내 얼굴은 접시만 향하고 있었다. 그러면서도 나 혼자서 킥킥한 적도 있었는데, 신기하게도 귀를 닫고자 하면 닫을 수 있었고, 듣고자 하면 귀를 열 수 있다는 걸 알게 된 것이다. 가끔은 내 옆에 친구들이 앉아 어떤 이야기를 나누면 같이 웃기도 한다. 백 퍼센트 이해할 수는 없지만 다른 사람들이 웃으면 나도 재빨리 웃고, 공감하는 듯한 제스처를 취하면 나도 따라 하고, 또 인상을 찌푸리면 나도 찌푸리는 식이다.

그러던 어느 날 한 프랑스 친구가 나를 확 쳐다보더니, "너 무슨 말인지 이해하고 있는 거야?"라고 갑자기 물었다. 나는 깜짝 놀랐다. 내가 가짜로 대화에 끼고 있던 걸 그 친구는 알고 있었던 것이다. 나의 자초지종을 들은 그 친구는 곧이어 이런 말을 해줬다. "너는 한국인이잖아. 우리에게 너는 외국인이야. 당연히 우리말을 이해 못하는 게 정상 아

테라스에 걸터앉아 책을 읽는 프랑스 사람

니겠어?"

프랑스에 처음 도착한 날, 나는 프랑스어 알파벳과 자기소개 정도밖에 할 줄 몰랐다. 2년간 어학을 공부했지만, 여전히 프랑스어를 어려워하는 나 자신이 매우 싫었다. 언제쯤 프랑스 친구들처럼 유창하게 말하고 비속어도 섞어 쓸 수 있을지 매일 부러워하기만 했다. 이 와중에 내 친구가 한 말은 매우 현실적이고 정곡을 찌르는 말이었다. 정말 맞는 말이었다. 나는 한국인이고 프랑스어는 외국어다. 내가 한국에서 첫 휴가를 보낼 때 수많은 한국어를 갑자기 이해할 수 있게 되어 가뿐했던 기억이 떠올랐다. 듣고 싶지 않아도 자동적으로 한국어를 이해할 수 있었던 것이다. 그런데 나는 프랑스 사람이 되고 싶어 했다. 뱁새가 황새 따라간다고 황새가 될까. 친구의 말을 인정하는 순간, 내 마음이 편해졌다. 그리고 닫았던 내 귀를 열어야 했다.

한국에서 휴가를 보낼 때, 경상북도 어느 시골에 살고 계시는 두봉(Mgr René Dupont) 주교님을 만난 적이 있다. 파리외방전교회 소속의 프랑스인 선교사로 한국에서 60년 넘게 살고 계신 분이다. 나는 주교님께 외국인으로서 외국에서 잘 살 수 있는 방법을 알려달라고 청했고, 그분이 나에게 하신 첫 당부는 바로 '언어'였다.

"저는 프랑스 사람이고 한국에서 오래 살았지만. 아직도 한국어를

90퍼센트밖에 못 알아들어요. 그래서 저는 계속 한국어를 공부해요. 새로운 단어는 지금도 계속 생겨나니까 언어는 끝이 없는 것 같아요."

나보다 한국어를 오래 구사하며 한국에서 오래 사신 분도 한국어를 완벽하게 이해하지 못하신다니! 순간 실망한 마음이 나를 감쌌다. 그러나 주교님은 이런 나의 마음을 눈치채셨는지 현실적인 조언도 해주셨다. 현지인 친구들을 많이 만들고, 그들과 자주 어울리면서 모르는 단어는 창피해하지 말고 계속 물어보라고 말씀하셨다. 90세를 넘긴 자신도 모르는 단어가 있으면 동네 사람들에게 끊임없이 질문한다고 하시면서 훨씬 젊은 나는 못 할 게 없다며 용기도 북돋아 주셨다.

언어는 도대체 무엇일까. 프랑스에 살면서 어학 자격증 등급이 아무리 높아도 제대로 된 대화조차 하지 못하는 사람들을 많이 봤다. 반면에 프랑스어는 잘 못 하지만, 늘 프랑스 친구들과 잘 어울리는 사람들도 만난 적이 있었다. 그렇다면 언어는 단순히 의사소통과 학위를 따기 위한 도구는 분명 아닐 것이다. 나는 언어를 통해서 대화를 하고, 그 안에서 서로의 마음을 주고받아야 진정한 의사소통이라고 생각한다. 그래서 언어는 사람의 마음과 마음을 이어주는 단단한 '끈'이 아닐까 싶다.

나도 프랑스에 살면서 여러 사람들과 하나의 끈으로 묶이려면 내 마음을 먼저 열어야 한다는 걸 깨달았다. 그렇다. 내 마음을 먼저 열면 내 귀도 열리게 되고, 어느새 프랑스어는 머리가 아닌 마음으로 이해하는 언어가 될 것이라 믿는다. 그럼에도 불구하고 "쥬 넴므 빠 르 프랑세(Je n'aime pas le français)!" 나는 프랑스어가 싫다.

수다쟁이의 나라

길을 걷다가 우연히 샤를을 만났다. 꼭 한 달 만이었다. 그는 내가 연구 대학에 진학하기 전 기숙사에서 같이 지냈던 친구다. 우리는 서로 부둥켜안으며 반가움을 표시했다. 처음에는 서로의 안부를 묻고 요즘 어떻게 지내는지 대화를 이어나가다가 이윽고 가까이 보이는 벤치에 앉고 말았다. 우리가 나눈 대화는 별거 없었다. 의식의 흐름대로, 말하고 싶은 대로 말할 뿐이었다. 예를 들어 오늘 날씨가 너무 좋아서 그런지 공원에 사람이 많았고, 꽃이 얼마나 피었고, 이런 식의 시시콜콜한 얘기였다. 그렇게 우리는 한 시간 반을 떠들다가 헤어졌다.

프랑스 사람들은 말하는 걸 너무 좋아한다. 내가 프랑스에서 먼저 배운 단어 중 하나가 바로 수다쟁이(Bavard)였을 정도다. 내가 샤를을 만나 그냥 인사만 하고 지나치지 않은 것처럼, 프랑스 사람들은 아는 사람을 만나면 길에서 인사만 하지 않는다. 아주 바쁜 일이 없는 이상 서로에게 안부도 묻고 현재 이슈화되고 있는 사회 문제, 인기 있는 문화 등 여러 가지 주제를 가지고 이야기를 한다. 그러다 보니 가끔은 길에서 서있는 상태에서 토론의 장이 벌어지기도 한다. 특히 정치와 관련된 주제로 이야기가 시작되다 보면 끝이 날 줄 모른다.

그런데 아는 사람에게만 그러는 건 아닌 것 같다. 이 사람들은 낯선 사람하고 대화하는 것도 즐긴다. 가장 많은 경우가 식당이나 카페에서 음식을 기다릴 때다. 먹고 싶은 음식과 음료를 주문하면 받기까지 꽤 오랜 시간이 걸린다. 그러다 보니 프랑스 사람들은 기다리다가 지쳐서 옆에 있는 사람이 뭘 하는지 잘 쳐다본다. 거기에 자신이 아는 주제나 이슈가 있으면 슬쩍 대화하기 시작하고, 급기야 음식을 받고나서도 이야기의 장이 펼쳐진다.

나도 말하는 것을 참 좋아한다. 사람들과 함께 생각을 나누면서 모르는 것을 배우고, 내가 아는 것을 전달해 주는 순간을 즐긴다. 낯설거나 친한 사람 가리지 않는다. 그저 사람을 만나서 대화하는 게 재밌다. 그런데 처음부터 말하는 걸 좋아하진 않았다. 어릴 때부터 나는 사람들에게 먼저 다가가는 게 어려웠다. 무슨 말을 해야 할지 모르는데, 나보고 먼저 말을 해보라고 시키면 꿀 먹은 벙어리가 되어버린다. 마치

엑상프로방스 대성당 앞 카페에서 오후를 보내는 사람들

하얀 도화지에 무작정 그림부터 그려보라는 느낌이랄까.

그렇지만 이 낯섦을 인정하고 즐기기로 한 날이 있었다. 내가 중학생이었을 때다. 국어 선생님은 학생들에게 각종 소설과 시나리오 등을 읽게끔 했다. 다른 선생님 같으면 오늘 날짜에 따라 학생 번호를 불렀지만, 이분은 내키는 대로 학생들에게 강요하듯 시켰다. 그날도 선생님은 읽을거리를 가져오셨고 얼마 후 나를 빤히 쳐다보셨다. 내 차례가 온 것이었다. 나는 원고를 빠르게 눈으로 미리 읽고 마침내 한 줄씩 읽으려고 했다. 순간 아홉 시 뉴스 앵커의 말투가 떠올랐다. 평소에 장난치기를 좋아했던 나는 순간적으로 뉴스를 진행하는 앵커의 모습이 떠올랐다. 진지한 어투, 또박또박 한 글자씩 발음하고, 강조해야 할 단어는 세게 하면서 마치 아나운서처럼 원고를 읽었다. 그런데 친구들이 막 웃기 시작했다. 국어 선생님조차 눈물을 흘리며 내 옆에서 한바탕 웃고 계셨다. 그때 나는 깨달았다. 나도 사람들과 어울리기 좋아하고, 말하는 걸 좋아하며, 웃기는 것도 좋아한다는 사실을.

프랑스에 와서도 사람들을 말로 웃겨보려고 노력했다. 그런데 농담을 이해하는 코드가 한국과 달랐다. 우리나라에서 일명 아재 개그라고 불리는 말장난이 여기서는 굉장한 유머로 통하고 있었다. 예를 들어 이런 것이다. 친구랑 시청 앞을 지나가면서 내가 시장님을 프랑스어로 뭐라고 하는지 물어본 적이 있었다. 그 친구는 나에게 '메흐'라고 알려줬고, 나는 내 엄마를 네가 왜 찾냐고 받아쳤었다. 친구는 그 자리에서 포복절도하고 말았다. 프랑스어에서 메흐는 관사에 따라 시장(르 메흐, Le Maire)이 되기도 하고, 엄마(라 메흐, La Mère)가 되기 때문이다. 또 한 번은 수업시간에 교수님이 가톨릭의 축복 예식을 설명하고 있었다. 나는 종이에 축복 예식의 프랑스어, 사크라멍또(Sacramentaux)를 적으면서 그림을 하나 그렸다. 거룩한 후광이 달린 널찍한 코트 그림이었다. 옆에 있던 친구는 내 그림을 단박에 알아차리고 웃기 시작했다. 프랑스어로 사크라(Sacra, Sacrer의 동사 변형)는 축복된이라는 뜻이고, 멍또(mentaux)를 살짝 바꿔서 망또(Manteau)로 얘기하면 겨울철에 입는 코트가 된다. 사크라멍또가 거룩한 코트냐고 농담을 던진 것이다. 결국 내 그림은 온 교실을 돌아다니기 시작했고, 교수님마저도 내 그림을 보고 웃고 말았다. 한국에서는 분명 시답지 않은 말장난인데 말이다.

프랑스에서 농담이 통했던 경험은 나에게 큰 용기를 준 계기가 되었다. 비록 프랑스어를 더듬더듬 말하더라도 내가 외국어를 구사할 수 있다는 자신감을 얻게 되었다. 또 나라를 가리지 않고 진심을 다해 사람들에게 다가선다면 마음이 통하지 않을 수 없다는 걸 깨달았다.

프랑스 사람들도 매 순간 모든 사람들을 진심으로 대하는 것 같다. 길에서 만나든, 카페에서 만나든, 식당에서 만나든, 어느 장소에서든지 많은 이야기를 하려고 노력한다. 각자의 삶을 살다 보면 아무리 친한 친구라도 1년에 몇 번 보기 힘든 게 우리네 삶이다. 각종 소셜미디어가 발달되어 있어서 만나지 않아도 서로가 무엇을 하고 있는지 훤히 잘 알고 있다. 그래서 길에서 우연히 만나 얼굴을 맞대는 게 얼마나 귀중한 순간인지 프랑스 사람들은 이미 깨닫고 있는 것이다.

나는 수다쟁이가 무엇인지 다시 정의할 필요가 있다고 생각한다. 단순히 말만 좋아하는 걸 일컫는 게 아닌 듯하다. 적어도 나중을 위한 것보다 지금 이 순간에 최선을 다하는 프랑스 사람들에게는 해당하지 않는다. 수다를 떨면서도 시간은 흐른다. 한 단어를 내뱉을 때 이미 그 순간은 과거가 되어버린다. 시간은 끊임없이 지나가고 있고, 우리의 힘으로는 절대 붙잡을 수가 없다. 그래서 지금 이 순간은 절대로 나에게 돌아오지 않을 귀중한 시간이다. 어쩌면 대화를 한다는 것은 흘러가는 시간을 유일하게 붙잡을 수 있는 방법이지 않을까 싶다. 진심을 다해서 말하고 또 귀 기울이며 들으면 각자의 기억에 서로에 대한 말이 쌓인다. 그렇게 되면 과거는 더 이상 과거가 아니고 우리 안에 살아 숨 쉬는 현재가 되어버린다.

프랑스 사람들은 분명 그들은 대단한 수다쟁이인 게 틀림없다. 나도 나름 한국에서 수다쟁이라는 얘기를 들었는데도 불구하고 프랑스 사람들 앞에선 발톱도 못 내민다. 그렇지만 분명 나에게 프랑스는 참 잘 맞는 나라다. 한국의 수다쟁이가 프랑스라는 수다쟁이 나라에 오지 않았으면 나는 어떤 수다쟁이로 살고 있을지 상상하기도 싫다.

언어를 몰라서 생긴 일

나는 한국에서 알파벳 정도만 배우고 이 땅에 도착했다. 처음에 할 수 있는 말로는 겨우 '안녕하세요!(Bonjour!)'뿐이었다. 그래서 나는 프랑스어를 2년간 공부했다. 처음에는 앙제(Angers)에서 3개월, 나머지는 엑스마르세유 대학교 어학당에서 1년 반 정도를 공부했다. 아무런 준비 없이 언어 공부를 시작하는 건 너무 힘든 일이었다. 프랑스에서 프랑스어를 프랑스어로 공부한다는 게 말이나 되는 일인가.

언어 때문에 생긴 에피소드도 참 많다. 지금은 웃으며 지나가는 이야기로 할 수 있지만, 당시에는 땀을 삐삐 흘리며 곤란했던 상황이 매번 있었다. 어학당에서 수강 신청을 해야 하는데 미처 알아듣지 못하고 원하는 수업을 신청하지 못한 적도 있고, 학생증조차도 신청하지 못해서 어학당 사무실 직원의 도움을 받아야 했다. 문제는 그 어학당 사무실 직원도 프랑스어만 할 줄 알았다는 것이다.

나보다 이곳에서 오래 산 친구가 해준 얘기가 있다. 이곳에 미국인 두 명이 관광을 하러 왔다고 한다. 그들은 엑상프로방스 시청에 들어가려고 했다. 그러나 건물을 지키는 경비원이 막아섰고 서로 얼굴을 붉히며 실랑이가 벌어지기에 이르렀다. 지나가던 한 사람이 중재를 하고자 무슨 일인지 물었고 곧바로 웃음을 터트리고 말았다. 무거운 표정을 짓고 있던 경비원도 금세 풀고 같이 웃기 시작했다. 알고 보니 관광객 두 명이 시청 간판에 써있는 'Hôtel de Ville'이라는 글자를 보고 숙박업소로 오해한 상황이었던 것이다. 그들이 프랑스어를 한마디도 할 줄 몰랐기 때문에 생긴 일이었다. 프랑스어에서 '오뗄(Hôtel)'은 오래된 저택을 가리킨다. 그 뒤에 '드 빌(de Ville)'이 붙으면 마을의 오래된 저택, 즉 시청이 된다. 우리가 흔히 알고 있는 숙박업소 호텔도 같은 철자를 쓰고 있으니 충분히 생길 수 있는 일이었다.

비슷한 일이 나에게도 있었다. 엑상프로방스는 아주 작은 도시라서 아시아 음식을 파는 곳이 몇 군데 없었다. 그런데 어느 날 김치찌개를 잘하는 식당이 생겼다고 해서 바로 찾아갔다. 식당 주인은 한국 사람이 아니었고, 베트남 사람이 운영하고 있었다. 내가 김치찌개를 주문하자마자 종업원이 테이블 세팅을 하기 시작했다. 기본적으로 숟가락과 포크가 놓여지는데, 갑자기 종업원은 세팅을 하다 말고 "혹시 바게트가 필요하세요?"라고 묻는 것이었다.

굉장히 이상한 질문이었다. 바게트는 분명 프랑스인의 주된 양식인 길다란 빵이다. 김치찌개에 바게트 빵이라니. 분명 전혀 어울리지 않는 궁합이었다. 나는 프랑스에 있는 식당이라서 그런가보다 싶었다. 나는 당연히 종업원의 물음에 '노(No)'를 외쳤다. 김치찌개 국물에 바게트를 찍어 먹는 건 상상도 못 할 일이다.

종업원은 나에게 더 필요한 건 없는지 물었다. 나는 테이블에 젓가락이 없는 걸 발견하고 달라고 말했다. 프랑스어로 젓가락을 어떻게 말해야 하는지 몰라서 영어로 찹스틱(Chopsticks)이라고 말했다. 혹시나 이마저도 못 알아들을까 봐 손가락으로 젓가락을 흉내 내기까지 했다. 종업원은 껄껄 웃으며 젓가락을 가져다주며 내게 말했다.

"아까 제가 바게트를 원하냐고 물어봤는데 손님이 거절하셨잖아요? 바게트가 젓가락이에요."

우리가 알고 있는 바게트 빵과 젓가락은 한 끗 차이였다. 바게트라는 단어 앞에 어떤 관사가 붙느냐에 따라 의미가 확 달라진다. 하나의 바게트(une Baguette)는 빵을 뜻하고 여러 개의 바게트(les Baguettes)는 젓가락을 뜻했다.

또 다른 일도 있었다. 내가 다니는 연구 대학에 새로운 교수 신부님이 오셨다. 니스에서 아주 오랜 시간 기초 신학을 가르치던 분이었다. 키는 무척 작고 하얀 머리에 인자한 웃음을 짓는 게 인상 깊었다. 무엇보다 그분은 다른 교수 신부님들과 다르게 언제나 목에 철제 십자가를 걸고 계셨다. 철제 십자가는 주교님이나 추기경만 착용할 수 있는데, 그분은 고위성직자는 분명 아니었다.

그런데 동료 학생들은 "그분은 샤누안이야!"라며 신기해하듯 웃었다. 그리고 나에게 샤누안이 뭔지 설명해 주려고 했지만 나는 이미 이해하고 있었다. 며칠 뒤 점심 식사 때 그분을 처음 만나 인사를 했다. 그리고 "교수님이 샤누안이라면서요? 어쩌다가 별명이 검은 고양이가 된 거예요?"라고 물었다. 몇 초의 정적이 흘렀을까. 갑자기 내가 앉은 테이블에 있던 사람들 모두가 눈가에 눈물이 맺힐 정도로 폭소를 터트리는 것이 아닌가.

알고 보니 내가 알던 샤누안은 검은 고양이(le Chat noir)가 아니었다. 가톨릭교회의 사제 직분 중 하나인 의전사제(le Chanoine)를 가리키는 말이었다. 의전사제는 우리나라에는 없는 직분인데, 주교에 의해 선출되어 기도로서 주교와 교구를 돕는 명예직이다. 일부는 대성당의 참사위원으로 선출되어 직접 교회 일을 하기도 한다. 그러니까 동료 학생들이 교수 신부님을 보고 웃었던 건 검은 고양이라는 별명 때문에 웃은 게 아니었다. 좀처럼 보기 힘든 의전사제를 보고 신기해서 웃은 거였다.

"맙소사!"

발음 차이도 약간 있었다. 검은 고양이는 샤누아, 의전 사제는 샤누안이었다. 나는 그 둘을 구분하지 못했다. 나는 교수 신부님께 죄송하다고 연거푸 말했다. 무엇보다 한국에는 의전사제가 없어서 무엇인지 잘 몰랐다고 변명 아닌 변명도 덧붙였다. 교수 신부님은 평소 인자한 모습 그 자체였다. 그분은 놀란 내 마음을 안정시켜 줬고, 오히려 의전 사제가 무엇인지 자세히 설명해 주셨다.

내가 모르는 건 당연할 수 있어야 한다. 잠깐의 창피함이 있더라도 성장할 수 있는 여지는 무한하기 때문이다. 그러나 모르는 걸 당당하게 내비칠 수는 없다. 지금 발을 붙이고 있는 이 땅에서 프랑스어를 잘 못한다고, 잘 모른다고 떳떳한 태도를 보이는 건 결코 좋은 모습은 아니다.

시간이 조금 흐른 뒤에 학장님은 이 교수 신부님을 나의 지도 교수(Tuteur)로 연결해 주셨다. 그리고 그분의 사무실에서 우리는 서로 마주하며 내가 프랑스어를 잘 몰라서 실수했던 걸 다시 끄집어냈다. 나는 다시 죄송하다고 말했지만, 교수 신부님은 껄껄 웃으시며 내 말을 끊고 말씀하셨다.

“실수를 해야 성장하지. 네가 그렇게 말 실수를 하지 않았으면 내가 평생 검은 고양이가 될 뻔했잖아?”

GOURMANDISES

다름에서 오는 갈등

외딴곳에서 혼자 살아가는 건 쉬운 일이 아니다. 특히 외모와 문화 등 모든 게 다른 사람에게는 많은 어려움도 뒤따른다. 나는 결코 이게 비정상적인 모습이라고 생각하지 않는다. 사람은 혼자 살더라도 국가와 지역사회처럼 많은 공동체에 속하며 살아가야 한다. 그래서 내가 있는 환경 혹은 공동체에 낯선 사람이 발을 디딘다는 건 서로에게 익숙지 않은 일이며 당연한 현상이다.

해외 생활에 궁금증을 갖고 있는 친구들은 나에게 많은 질문을 던지면서도 공통적으로 반드시 물어보는 게 한 가지 있다. 프랑스에 살면서 인종차별을 받아 본 적이 있냐는 거다. 인종차별은 매우 예민하고 어려운 주제다. 그렇기 때문에 한마디로 경험을 했는지 안 했는지 명쾌하게 대답하기 어렵다. 어쩌면 낯선 환경 차이에서 오는 갈등일 수도 있지만, 정말로 그 다름조차 싫어서 편견을 갖고 행동하는 경우도 있다.

그래서 나는 인종차별이 무엇인지부터 생각해 볼 필요가 있다고 본다. 당연히 인종차별은 자신과 다른 사람들을 차별하고 조롱하는 행위이다. 더불어 단순히 싫어서 하는 행위와 호감이 있어서 하는 행위까지도 포함한다. 유엔에서는 매년 3월 21일을 세계 인종차별 철폐의 날로 지정했고, 유럽연합의회에서는 유럽인종차별위원회를 만들어서 이 문제에 대한 여러 가지 의견을 나누고 예방하고자 노력하고 있다.

사실 오래전 유럽은 이미 여러 민족이 섞여 살았기 때문에 인종과 민족적인 이유로 차별이나 갈등은 거의 없었다. 물론 프랑스의 골족과 독일의 게르만족의 갈등은 오랜 시간 서로 조롱했지만 누가 우월하고 열등하다는 식의 문제는 아니었다. 지금과 같이 피부색이 다르고, 언어가 다르다는 이유로 인종 간에 계층이 생긴 건 대개 유럽의 대항해시대 이후에 성행한다. 유럽의 대부분 나라들이 아프리카와 아메리카 그리고 아시아까지 진출하면서 식민지를 건설하였고, 여러 이유로 자신들의 우월성을 드러내기 위해 다른 대륙의 사람을 하등 민족으로 대우하기 시작했다. 특히 흑인들을 노예로 이용하면서 사람대접은커녕 그저 집안의 재산으로 여기기까지 했다. 그런데 그 시대가 끝난 지 겨우 백 년도 되지 않았으니, 유럽 사람들이 스스로 생각하는 우월감이 지금까지 남아 있는 건 어쩌면 당연한 것일지도 모른다.

최근 프랑스 사회에서 가장 시끌벅적하게 벌어지고 있는 논쟁은 시리아를 포함한 중동지역과 북아프리카에서 넘어온 난민들을 받아줘야 하는지에 관한 것이다. 난민을 받아들여야 한다고 찬성하는 쪽은 외모와 언어 등 모든 것이 다르다고 해서 차별해서는 안 된다며 인도주의적 차원을 먼저 고려해야 한다고 말한다. 반면에 반대하는 쪽은 난민들이 프랑스에 정착할 때까지 누가 경제적으로 지원을 해주냐에 문제에서부터, 그들에 대해 아무것도 모르기 때문에 프랑스 사회에 피해만 끼칠 수 있다는 의견 등이 난무하고 있다. 그런데 어느 순간부터 난민 수용 문제에 인종차별적 의견이 포함되어 갔다. 난민 수용을 찬성하는 사람들은 우수한 프랑스 사람들이 모든 면에서 현저히 떨어진 난민들을 적극 수용해서 교육시키고 잘 살 수 있게 도와줘야 한다는 의견을 내고 있고, 반대하는 사람들은 프랑스 사람들만 잘 살아야지 왜 다른 민족이 우리네 사회에 끼어드냐고 말한다. 결국은 논지에서 벗어나 각종 이념과 감정적 요소를 끌어다가 끝나지 않을 싸움을 계속해 나가고 있다.

일상생활에서는 어떨까? 다름을 인정하지 못하고 차별로 행동하는 경우가 꽤 많다. 이유는 모르겠지만, 언제부터인가 동아시아 사람들을 보면 당연한 듯 중국어로 말을 걸어온다. 십대부터 노인들까지 십중팔구 "니하오!" 하고 인사한다. 또 아시아 사람을 표현할 때 두 눈을 얇게

찢는다. 안타깝게도 많은 사람들이 그게 아시아 사람을 비하하는 표현인지 모르고 가볍게 사용하고 있다. 그럴 때마다 나는 그 사람들의 잘못된 습관들을 고쳐주면서 다시는 차별하는 행동을 하지 말라며 신신당부한다.

그러나 아시아 사람들을 놀리는 게 일상화되어 있는 사람들도 있다. 길에서 마주치는 철부지들은 나를 쳐다보며 "치노아", "칭챙총" 등 여러 가지 의성어를 섞어가며 말을 건다. 자신의 생각을 고집하며 인종적, 문화적, 언어적 차별을 하는 사람, 이유도 없이 그냥 다른 모습이 싫어서 차별하는 사람도 있다. 나는 주말마다 한 성당에 배정되어서 사람들을 만나고 이야기를 들어주는 실습을 했다. 그런데 좀처럼 책임자가 나를 성당 회의에 끼워주지 않았다. 오히려 한참 후배인 견습 학생들을 대신 불러 내 자리에 앉히고 회의에서 나온 내용을 나에게 따로 통보하게끔 처리하기도 했다.

처음에는 무척 화가 나서 따지는 일이 많았다. 잘못되었으니 행동을 고치라고 압박하기도 했다. 그러나 꿈쩍도 하지 않는 그들의 모습을 보고 감정적으로 다가가지 말아야겠다고 다짐했다. 대놓고 놀리거나 싫어하는 사람들에게 내 말은 전혀 통하지 않았다. 한 프랑스 친구는 나에게 상처받지 말고 가볍게 무시했으면 좋겠다고 조언해 줬다. 주관적 판단에 따라 그냥 싫어서 차별을 일삼는 사람들은 현지 사회에서도 환영을 못 받는다고도 했다.

나는 이방인이다. 프랑스어에서 이방인은 에트랑제(étranger)라고 하는데 외국인, 이방인, 낯선 사람 심지어 이상한 사람이라는 의미로 해석된다. 낯섦 속에 긴장을 놓지 않고 평범하게 살고자 하는 게 바로 나 같은 외국인, 즉 이방인이다. 그래서 다름이 당연하다는 걸 받아들이고 살아가야 할 수도 있겠다는 생각을 했다. 거기서 오는 어려움은 누구의 몫도 아닌 나의 몫이다. 다행스럽게 몇몇 프랑스 사람들은 내 몫을 같이 짊어주고 다름의 격차를 좁히려고 노력하고 있다. 어디서든지 나를 아껴주고 보살펴 주는 사람이 있다는 걸 믿으며 살고 있다. 그래서 나는 '다름'을 통해 차별도 받았지만, 프랑스 사람들과 함께 살아갈 수 있는 연대성, 반대로 내가 다른 사람을 충분히 이해하고자 하는 여유로움도 배우고 있다.

언어는 욕할 때 느는 거야

확실히 프랑스어는 어렵다. 분명히 공부할 만큼 공부했다고 생각해도 다음 날이 되면 까먹는다. 단어를 습득하는 건 스트레스의 연속이다. 모르는 단어를 노트에 적어놓고 가까스로 기억을 하면, 다음 날 그 단어를 쓸 일이 없어서 허탈하다. 새로운 단어가 책 속에서 봇물처럼 터져 나올 뿐이다. 먼저 프랑스에서 공부한 어떤 선배가 내게 해준 말이 있다.

"언어는 계단처럼 늘어."

막상 공부할 때는 아무것도 이해할 수 없고, 다른 사람들의 언어 실력을 자꾸 비교하게 된다. 자괴감에 빠질 때도 있다. 그러나 잠깐 휴식을 갖고 다시 그 자리에 돌아오면 그동안 내가 배웠던 것들이 내 머릿속에 잘 자리 잡고 있다는 걸 발견하게 된다. 나도 모르게 배웠던 언어를 기억해 내고 일상생활에서 말할 수 있게 된다. 언어는 절대 언덕배기를 오르듯이 늘지 않는다. 계단처럼 평평하게 가다가 갑자기 오르는 게 언어다. 또 다른 선배는 이런 말을 해주기도 했다.

"언어는 욕할 때 확실히 느는 거야."

프랑스에서 외국인으로 살려면 호주머니에 작은 프랑스어 사전을 반드시 챙기고 다녀야 한다. 하고 싶은 말이 있으면 꼭 해야하는 내 성격상, 기분이 나쁘면 나쁘다고 따지고, 잘못된 부분은 잘못됐다고 따진다. 이럴 때 호주머니에 있는 사전이 실력 발휘를 한다. 내 손가락은 누구보다 빠르게 움직이면서 단어를 찾고 있고, 내 머리는 누구보다 빠르게 단어를 습득해서 즉시 입으로 나오게끔 한다. 그리고 평소에 알아두었던 프랑스 욕을 함께 곁들여서 말하면 금상첨화가 된다. 확실히 언어는 정말 필요한 단어를 찾아서 바로 활용하면 기억에 오래 남는다.

하루는 기숙사에서 식사를 하고 있는데, 내가 프랑스에서 공부할 수 있도록 도와준 후원자가 저녁식사를 하러 기숙사를 방문했다. 마침 성탄을 기다리는 12월이라서 기숙사 학생들과 성탄 준비를 하러 오셨겠거니 하고 생각했다. 식사를 마치고 설거지를 하려고 자리에 일어서는 순간, 그는 나를 부르더니 잠시 얘기를 하자며 옆방으로 나를 데리고 갔다. 그리고 나에게 프랑스어를 제대로 공부하지 않고 있다며 다그치

듯이 얘기를 시작했다. 또 어학 공부가 끝날 때까지 한국 사람들과 만나지 말라는 말도 했다. 이뿐만이 아니었다. 내가 기숙사에서 진행하는 공동체 프로그램에 한 번 빠진 적이 있었는데, 왜 자꾸 상습적으로 빠지냐며 적극적으로 참여하라는 당부까지 했다. “프랑스에서 제대로 생활하지 않으면 넌 한국으로 돌아갈 수밖에 없다.”라는 말은 꽤나 충격적이었다.

나는 무척이나 화가 났다. 아무래도 오해를 하고 있는 듯해서 어떤 얘기든 꺼내려고 했지만, 그 후원자는 자기 말만 하고 나가버렸다. 나는 이런 말이 왜 나오게 됐는지 나름의 조사를 해봤다. 알고 보니 얼마 전 한국에서 온 내 친구에게 시내를 구경시켜 준 적이 있는데, 그 모습을 기숙사 사감이 본 모양이었다. 결국 후원자가 들은 얘기는 모두 기숙사 사감에게서 나왔던 것이다. 나는 바로 기숙사 사감에게 따지고 화낼 수 있는 상황을 열 가지 정도 적어서 그에 맞는 단어를 찾기 시작했다. 그리고 나름의 대화를 상상해 가며 문장까지 만들었다. 어떤 상황에서든 말로 뒤처지는 모습을 보여주고 싶지 않았다.

그날 저녁에 만난 기숙사 사감은 내 얘기를 듣더니 자기변명만 할 뿐이었다. “그런 의도로 얘기한 게 아니었어.”, “그가 너한테 그렇게 심하게 얘기할 줄은 몰랐네.” 심지어 이런 말까지 했다. “프랑스 사람들은 남 얘기하는 걸 너무 좋아하는데 굉장히 부풀려서 많이 얘기해. 너에 대한 얘기도 내가 그렇게 얘기했던 거야". 결국 나는 두 시간 동안 기숙사 사감에게 잘못된 점을 하나하나 예를 들어서 설명했고 결국 사과를 받아낼 수 있었다. 그는 나에게 마지막으로 한마디 했다. "그런데 너 갑자기 프랑스어를 왜 이렇게 잘해?" 나는 마음속으로 '너랑 싸우려고 준비했지, 이놈아!'라고 하면서 유유히 그 방을 빠져나왔다.

나는 아직도 그때 썼던 프랑스어를 잊을 수가 없다. '무시하지 마라', '참견하지 마라', '오해하지 마라', '뒷담화하지 마라', '이해력을 좀 넓혀라', '멋대로 판단하지 마라' 등 지금까지도 유용하게 써먹고 있다. 분명히 부정적인 의미가 팍팍 담긴 말이지만 나름 나를 프랑스에서 강하게 만들어주는 말이기도 하다.

학교 도서관은 내가 시험공부를 준비하는 곳이면서 따지거나 화낼 상황이 있을 때도 찾는 곳이다. 조용한 듯 소곤거리는 말소리가 가득한 분위기와 수많은 책들 사이에 묻혀 새로운 단어를 찾는 희열은 요즘 내가 새롭게 발견한 즐거움이다. 어떻게 하면 프랑스 사람들에게 말로써 지지 않을까 연구하는 셈이다. 도서관에서 자주 같이 공부하는 프랑스 친구는 이런 나를 보고 열심히 공부하는 줄 안다. 가끔 내 노트에 적힌 부정적 의미로 가득한 단어를 보고 놀라기는 해도, "너가 따지거나 화낼 일이 더 많아졌으면 좋겠어."라며 농담을 던진다. 내 프랑스어 실력이 향상되기를 바라는 마음에서다.

그렇다 해도 나는 따지거나 화낼 일이 많지 않았으면 좋겠다. 내 머릿속에 저장되는 프랑스어는 늘겠지만, 그로 인해 생기는 스트레스는 꽤나 고통스럽기 때문이다. 스트레스 속에 기억하는 프랑스어는 단어 철자만 남는 게 아니라 안 좋은 기억까지도 강하게 남게 한다. 어쩌면 그래서 따지거나 화낼 때 언어가 느는 것일지도 모르겠다. 언어는 분명 의사소통을 위한 도구다. 그렇다면 부정적 상황에서 의사소통을 하다가 기억을 쉽게 하기보다는 행복하고 기쁨이 가득한 상태에서 언어를 쉽게 기억할 수 있는 방법이 있었으면 좋겠다. 그게 가능하다면 나는 프랑스어를 조금 더 사랑할 수 있을 텐데 말이다.

대성당들의 시대

천 년이 넘는 시간 동안 가톨릭교회는 프랑스의 국교였다. 종교적 역할뿐만 아니라 프랑스 문화를 형성하는 데도 큰 영향을 끼쳤다. 지금도 프랑스 국경일은 대부분 가톨릭 대축일과 연관이 있으며, 흔히 쓰는 관용어조차도 가톨릭식 표현으로 말한다. 프랑스가 가톨릭 국가였다는 걸 한눈에 알 수 있는 건 아무래도 성당이다. 하늘 높이 뻗어있는 성당은 모든 도시의 경관을 아름답게 해주고 스카이라인을 풍요롭게 해준다.

안타깝게도 프랑스에서 가톨릭교회는 좋은 종교이기만 했던 건 아니다. 교회가 제 기능을 하지 못하고 정치적 힘을 얻는 데 집중했던 때가 있었다. 사제들은 사회적 위치를 이용해 권력을 휘둘렀고 부를 축적했다. 결국 가톨릭교회는 1789년 프랑스 혁명에서 공격 대상이 되

항상 문이 열려있는 엑상프로방스 대성당

엑상프로방스 생소뵈르 대성당
(Cathédrale Saint-Sauveur d’Aix-en-Provence)

었다. 혁명에 가담한 시민들은 거리 곳곳에 세워진 십자가와 성모상 그리고 여러 성인들의 동상을 철거하고 성당도 무너뜨렸다. 게다가 정부는 프랑스 가톨릭교회를 교황청과 단절하고 프랑스만의 종교 시스템을 구축하기도 했다. 많은 성직자들이 국가에 충성하기를 강요받았고, 이를 거부한 수천 명의 사제들이 단두대에서 목숨을 잃었다. 훗날 나폴레옹과 교황청의 조약으로 신앙의 자유를 약속받았지만, 20세기까지 이어져 온 크고 작은 혁명에서도 언제나 가톨릭교회는 미움의 대상이었다.

혁명을 찬성하고 교회의 개혁을 외치는 사제들도 많았다. 가난한 사람들과 함께 살며 교회의 본래 가치를 되살리려는 운동가도 있었다. 그럼에도 불구하고 교회의 변화는 너무 더뎠고, 1970년대에는 약 2만 명의 사제들이 스스로 사제직을 내려놓기도 했다.

이 과정에서 프랑스 정부는 1905년 라이시떼(Laïcité) 헌법을 제정했다. 우리나라 말로는 완벽하게 번역을 할 수 없어서 종교 분리법이라 부르고 있다. 이 내용을 요약하자면, 프랑스 내엔 어느 종교도 인정하지 않으며 종교를 사회 정치와 분리해야 한다는 내용이 담겨 있다.

[공화국 헌법 제1조]

프랑스는 불가분적, 비종교적, 민주적, 사회적 공화국이다. 프랑스는 출신, 인종 또는 종교에 따른 차별 없이 모든 시민이 법 앞에서 평등함을 보장한다.

La France est une République indivisible, laïque, démocratique et sociale. Elle assure l'égalité devant la loi de tous les citoyens sans distinction d'origine, de race ou de religion. Elle respecte toutes les croyances.

[라이시떼 제1조]

공화국은 양심의 자유를 보장한다. 이는 공공질서를 위해 제정된 제한에 의해서만 종교의 자유로운 행사를 보장한다.

la République assure la liberté de conscience. Elle garantit le libre exercice des cultes, sous les seules restrictions édictées dans l&intérêt de l&ordre public.

[라이시떼 제2조]

공화국은 어떤 종교도 인정하지 않으며, 어떠한 급여나 보조금을 지급하지 않는다.

La République ne reconnaît, ne salarie ni ne subventionne aucun culte.

부활절 일주일 전, 종려 나뭇가지를 들고 시내를 행진하는 가톨릭 성직자와 신자들

엑상프로방스 생장드말트 성당
(Église Saint-Jean-de-Malte)

얼핏 보면 프랑스 사회는 종교의 자유, 어떠한 종교에 치우치지 않는 평등함을 주장하는 것 같지만 그렇지 않다. 헌법을 보면 프랑스 공화국에서는 어떠한 종교도 인정하지 않고, 그 종교에 대해 정의도 내리지 않는 게 원칙이다. 우리나라 헌법에서 종교를 인정하여 시민들이 자유롭게 종교생활을 하는 것과 큰 차이가 있다. 그래서 프랑스에서 종교는 종교가 아니다. 지자체마다 연합회 (l'Association)으로 등록되어 있다.

라이시떼는 세속과 종교의 완벽한 분리를 원한다. 그래서 공공장소에서 정부는 종교와 관련된 어떠한 발언과 행동을 하지 못한다. 십자가, 염주 등 상징물도 착용하지 못한다. 시청, 학교 같은 공공건물에는 종교성을 드러내는 크리스마스 장식도 하지 못한다. 무슬림 여성들은 히잡조차 쓸 수 없다. 반대로 교회도 당연히 정치적 발언과 참여를 하지 못한다.

그뿐만이 아니다. 교회 재산도 정부에 귀속되었다. 라이시떼 헌법이 제정되었던 1905년 이전에 지어진 성당과 사제관, 수도원 등 모든 종교 건물이 정부 소유가 되었다. 이것은 가톨릭교회의 사제 부족 현상과 맞물려 지금까지 문제가 되고 있다. 교구(Diocèse)의 주교(Éveque)는 각 성당에 사제들을 파견해야 하는데, 사제가 없으니 빈 성당이 늘어나고 있는 것이다. 요즘에는 성당 여러 개를 지역 단위로 새로운 관할 구역(Paroissse)을 만들어 사제를 파견하고 성당들을 보호하려고 노력하지만 쉽지 않은 듯하다. 결국 빈 성당은 정부에 의해 심심치 않게 부동산에 내놓여진다. 이 성당을 구입한 사람들은 보기 좋은 식당이나 호텔로 재운영한다. 아니면 아예 성당을 무너트리고 새롭게 건물을 짓기도 한다. 수백 년 된 성당이 매년 20채 넘게 무너지고 있다.

빅토르 위고의 소설을 원작으로 재구성한 뮤지컬 〈노트르담 드 파리(Notre-Dame de Paris)〉는 우리에게도 매우 익숙한 작품이다. 특히 〈대성당들의 시대(Le Temps Des Cathedrales)〉라는 노래는 하늘 높이 치솟은 파리 노트르담 대성당의 모습과 그 안팎에서 일어나고 있는 이야기인데, 우리 마음에 여러 감정을 쏜살같이 찌르게끔 한다. 그러나 파리 노트르담 대성당도 빅토르 위고의 작품이 없었으면 역사 속에 사라질 뻔했다. 원래 파리 노트르담 대성당은 프랑스 혁명 이후 훼손된 채 오랜 시간 방치되고 있었다. 파리시는 이 흉물을 철거하려고 했으나 마침 빅토르 위고의 소설이 큰 인기를 끌게 되면서 복구하게 된 것이다. 여기엔 파리 시민들의 노력이 한몫했다.

대성당들의 시대는 무너지고 있다. 프랑스 사회에서 성당은 더 이상 종교적 위안을 주는 공간이 아니다. 그저 문화적 공간으로 인식되고 있다. 그럼에도 불구하고 어떤 사람들은 파리 노트르담 대성당처럼 기억의 공간으로 여기고 있다. 나의 프랑스어 중급반 담임 선생님은 가톨릭 신자는 아니지만 엑상프로방스 대성당에 자주 들른다고 한다. 그녀의 증조할아버지가 이곳 대주교였고, 지금 대성당 지하에 잠들어있기 때문이다.

어쩌면 프랑스 사람들에게 가톨릭교회는 애증의 관계일 수도 있겠다. 싫어도 봐야 하고, 안 가면 불편한 그런 관계. 또 프랑스 성당은 모든 시간이 함축되어 있는 프랑스 그 자체일 것이다. 성당에는 이야기가 있다. 사람은 사라지고 도시환경은 변하지만, 성당은 그 자리에 그대로 오랜 시간을 버틴다. 오늘도 뉴스에서 450년 된 성당이 무너졌다는 소식을 보면서 가슴이 아린 건 왜일까. 가톨릭 신자로서일 수도 있겠지만, 프랑스 사회에서 살아가는 한 명의 사람으로서 안타까움을 표현하지 않을 수 없다. 무너지는 성당을 보며 헤아릴 수 없는 사람들의 이야기가 처참하게 무너져 영영 사라지는 것 같이 느껴졌다.

파리 노트르담 대성당이 불타던 날

파리 한가운데에 우뚝 세워져 있는 노트르담 대성당은 세계에서 가장 아름다운 고딕 성당이다. 이름에 걸맞게 수많은 연인들이 이곳에서 사랑을 속삭이며 누구나 영화 주인공이 되고자 한다. 어디서나 들을 수 있는 성당의 종소리는 발걸음조차 차분하게 걷게 하고, 딴생각하고 있는 정신을 올곧게 만들어준다. 이처럼 파리 노트르담 대성당은 800년 전부터 프랑스의 자존심이자 정신적 지주 역할을 해왔다. 그런데 2019년 4월 15일. 부활절을 며칠 앞둔 날에 대성당은 불길에 휩싸여 무너지고 말았다.

그날 나는 엑상프로방스에서 부활절을 준비하며 성주간을 보내고 있었다. 엑상프로방스와 아를의 모든 신부님들이 엑스 대성당에 모여 일치를 다짐하는 미사가 있을 예정이었다. 나는 많은 사람들이 몰릴

화재가 시작된 파리 노트르담 대성당 ⓒ 오지은

보수 공사 중이던 첨탑 주변에서 발생한 화재 ⓒ 오지은

불에 휩싸여 무너지고 있는 첨탑 © 오지은

것을 예상하여 누구보다 먼저 대성당 앞쪽에 앉아서 미사 시작을 기다렸다. 그때 내 친구에게서 문자가 왔다. 아내랑 파리에 갔는데 노트르담 대성당에 들어가도 되냐는 거였다. 누구에게나 열려있는 대성당인데 굳이 나에게 물어볼 필요는 없었다. 아마도 내 친구는 개신교 신자이기에 성당에 한 발짝 내딛기가 조심스러웠던 것 같았다. 나는 편안하게 성당에 들어가서 구경하라고 메시지를 보냈다.

그렇게 내 친구 부부는 파리 노트르담 대성당에서 평일 저녁 미사에 참석했고 중간중간에 나에게 메시지로 질문을 던지기도 했다. 대부분 미사때 사람들이 취하는 동작에 관한 것이었다. 그래서 나는 이 예식 때는 어떤 의미가 있고, 손짓에는 어떤 상징이 있는지 하나하나 메시지로 알려줬다. 그런데 어느 순간 메시지가 끊기더니 한참 후에야 미사 도중 에 경비원으로부터 쫓겨났다는 내용을 보내왔다. "그럴 리가 없는데.." 영문도 모른 채 쫓겨난 내 친구 부부가 얼마나 황당했을지 나는 가톨릭 신자로서 미안한 감정까지 들었다. 그런데 몇 분 뒤 성당 지붕 한가운데에서 연기가 오르기 시작했고 순식간에 대성당은 화염에 휩싸였다.

나는 친구가 실시간으로 화재 소식을 전해주는 것을 대수롭지 않게 여겼다. 파리 노트르담 대성당은 세계적인 관광지이며 세계문화유산에 등재되어 있어서 불이 금방 꺼질 것으로 생각했다. 그런데 나는 엑스 대성당에서 미사를 마치고 나와 뉴스를 켰을 때 깜짝 놀랄 수 밖에 없었다. 화재 진화는커녕 성당이 무너지고 있었던 것이다. 곧이어 정리를 마치고 나온 신부님들도 걱정 어린 표정을 짓기 시작했다. 결국 파리 노르트담 대성당에서 가장 높은 첨탑이 무너졌고 지붕은 전소됐다. 지붕이 목재로 지어진 탓에 불길이 쉽게 번지고 말았다. 소방관들은 대성당 내부에 쉽게 들어서지 못했다. 현대의 건축물과 달리, 오래된 대성당 벽면은 철근 없이 지어졌기 때문에 붕괴될 위험이 있었던 것이다. 결국 하루라는 시간이 거의 다 가서야 불길은 잡혔고 검게 그을린 대성당의 초라한 모습이 드러났다.

파리 노트르담 대성당이 무너지면서 모든 프랑스 사람들은 충격에 휩싸였다. 파리 시민들은 센강에 나와 성당을 바라보며 울기까지 했다. 에펠탑이 파리의 상징이라면 파리 노트르담 대성당은 프랑스의 상징이었으니, 시민들의 참담한 심정을 충분히 느낄 수 있었다. 그런데 다음 날 놀라운 일이 일어났다. 슬퍼하기만 하던 시민들이, 노트르담 대성당이 가장 잘 보이는 거리와 광장에 나와 기도를 하기 시작한 것이다. 시간이 지나면 지날수록 프랑스 전역에서 올라온 사람들이 대열에 합류했고, 저마다 갖고 있던 묵주를 꺼내 들며 기도를 했다. 전 세계 언론은 이 광경에 주목했다. 프랑스는 분명 종교 분리법으로 정치와 종교가 분리되어있고, 종교는 사적인 영역인데 어떻게 수많은 사람들이 공공장소에서 기도를 하고 있는지 놀라지 않을 수 없었다. 게다가 이기도는 하루에 끝나지 않았다. 한 달 넘게 프랑스 전국의 성당들은 매일 화재가 난 시간인 저녁 7시 50분에 타종을 했고, 사람들도 마찬가지로 파리 시내 곳곳에 모여 함께 기도하고 성가를 부른 다음 파리 거리를 행진했다.

나는 이 광경을 보고 큰 감동을 받았다. 아픔을 그냥 두지 않고 믿음으로 이겨내려는 모습이 너무 아름다워 보였다. 그동안 나는 프랑스가 믿음이 없는 빈껍데기일 뿐이라고 생각했다. 대부분 사람들이 태어나서 가톨릭 세례를 받지만, 성당에 나가지 않고 스스로 믿음이 없다고 말하는 모습을 봤기 때문이다. 하지만 그것이야말로 껍데기만 보고 속을 바라보지 못한 나의 큰 잘못이었다. 프랑스 사람들은 나름의 방식대로 신앙을 지켜오고 있었던 것이다.

그렇다면 무엇이 프랑스 사람들의 마음을 뜨겁게 타오르게 했을까? 무엇이 프랑스 사람들의 마음을 하나로 묶게 했을까? 파리 노트르담 대성당은 단순히 프랑스의 자존심이자 정신적 지주가 아니었던 것 같다. 그들에게 대성당은 믿음의 상징이었던 게 아닐까 싶다. 내가 사는 기숙사에서 가까운 곳에 있는 성당의 한 신부님은 "대성당은 하나의 건물에 지나지 않았지만, 프랑스 시민들 마음에는 성당이 하나씩 세워진 것 같다."라고 말했다.

보수공사 중인 노트르담 대성당

에마뉘엘 마크롱 대통령은 최대한 빠른 시일 내에 파리 노트르담 대성당을 복원하겠다는 포부를 밝히며 여러 단체에 복원 기금을 요청하는 메시지를 발표했다. 얼마 지나지 않아 복원을 충분히 하고도 남을 돈이 확보되었다. 프랑스 내외 대기업들이 큰돈을 선뜻 내놓으면서 가능한 일이었다. 하지만 이는 즉각 정부를 향한 비난과 뭇매를 때리는 일로 번지고 말았다. 세계 곳곳에서 가난과 폭력 등 여러 어려움으로 고통받는 사람들을 위해선 십 원 하나 내놓지 않다가 대성당이 무너지자, 큰돈을 금방 내놓는 대기업들의 모습이 좋지 않게 보였던 것이다.

대성당을 어떻게 복원할지도 큰 논란거리였다. 어떤 시민 단체는 성당 소유주가 가톨릭이 아닌 정부에게 있으니까, 시민에게 열린 공간으로 재탄생해야 한다고 주장했다. 미술관으로 만들지, 친환경적으로 공원을 만들지 등 여러 의견이 남발하듯 쏟아졌다. 탁상공론만 오가는 동안 대성당 복원은 한 발짝도 내딛지 못하고 오직 더 이상 성당이 무너지지 않도록 나무 지지대만 세워놓았을 뿐이었다. 결국 대성당을 사용하고 있던 파리 대주교까지 나서기에 이르렀다. 그는 화재가 난 지 2달이 지났을 때 잔해더미 위에서 미사를 봉헌했다. 그리고 그는 이렇게 말했다. "이 성당은 미사를 드리는 곳입니다. 이것이 유일하고도 본래의 존재 이유입니다. 제가 몇 번 이런 얘기를 들었는데, 이곳은 절대 관광하는 장소가 아닙니다!"(2019.6.6 미셸 오프티 대주교) 결국 프랑스 정부는 노트르담 대성당을 원래대로 복원하기로 결정했다. 건축 방식도 현대 건축 기술의 도움을 받아야 하지만 최대한 전통 기술을 활용하기로 했다.

파리 노트르담 대성당의 미래는 어떻게 될까?[1] 완전한 복원이 될 때까지 누구는 40년이 걸리고 누구는 20년이 걸린다고 말하지만, 중요한 건 시간이 아닌 것 같다. 다시는 화재가 일어나지 않게 하고 대성당의 본 기능을 되살리는 게 중요하다고 본다. 〈노트르담 드 파리〉 뮤지컬의 콰지모도가 말한 것처럼, "언제든 오세요. 무슨 계절이든 그대가 원할 땐 여긴 그대의 집"이 되어야 한다. 언젠가 다시 대성당의 종소리를 들을 수 있을 때까지 서로 위로하고 기도하던 프랑스 사람들 마음에 내 마음도 함께할 것이다.

---

1 파리 노트르담 대성당은 원활하게 복원 공사가 진행되어 곧 마무리될 예정이다. 그리고 파리 대교구는 2024년 12월 8일 입당과 봉헌식을 거행하겠다고 선포했다. 12월 8일로 날짜가 정해진 것은 대성당의 이름이 성모 마리아를 기린 것처럼 그날이 '원죄 없이 잉태되신 동정 마리아 대축일'이기 때문이다.

MA 263469

Part 5

꿈이야 뭔들

나의 프랑스 탈출기

코로나 바이러스가 유럽 땅에 들어와 프랑스로 막 퍼지고 있을 무렵, 나는 서북쪽에 있는 브르타뉴(Bretagne) 지방에 머물고 있었다. 학교에서는 매년 초에 학술과 피정을 동반한 프로그램을 진행했는데 올해는 바로 이곳에서 열리게 된 것이다. 피정(避靜)은 말 그대로 세상의 시끄러움에서 벗어나 기도에만 전념하는 가톨릭식 수행이다. 그래서 내가 머물던 숙소는 아주 조용하고 널따란 초원밖에 안 보이는 시골에 위치하고 있었다.

고요한 시골의 공기를 시끄럽게 만든 건 역시 코로나 바이러스였다. 브르타뉴 지방의 중심 도시인 렌(Rennes)에서도 사망자가 나오고 말았다. 이미 프랑스에는 수많은 사망자와 감염자가 발생했다. 하지만 서북쪽 끝에 있는 여기에서까지 사망자가 발생했다는 소식은 우리에게 큰 충격을 받게끔 했다. 코로나 바이러스가 비켜 가는 곳은 단 한 군데도 없다는 뜻이나 마찬가지였기 때문이다.

내가 더 놀란 건 프랑스 사람들의 반응이었다. 심각한 상황에 충격을 받으면서도 아무런 불안감 없이 차분한 모습을 보여주고 있었다. 나는 단순하게 '역시 프랑스 사람들은 모든 일을 신중하게 해결하는구나!'라고 감탄을 했지만 상황은 아주 빠르게 악화되고 있었다. 개신교회에서 발생한 집단 감염은 전국으로 감염자가 퍼지게 되는 계기가 되었다. 또 렁데르노(Landerneau)에서는 스머프 축제를 열어, "우린 스머프라서 코로나 바이러스에 감염 안 돼요!"라고 외치며 보란 듯이 행사를 치렀다. 정부에서는 곧장 감염 2단계로 격상해 확산 금지 대책을 내놓았지만, 프랑스 사람들의 의식까지는 바꿔놓지 못했다. "나는 감염 안 되겠지", "설마 내 집까지 바이러스가 오겠어?", "정부가 과잉 대처하는 거 아닌가?" 정부가 방역조치를 하면 할수록 사람들의 반응은 더욱 멀어져갔다.

게다가 언론은 정확하지 않은 정보를 여과 없이 보도하기에 급급했다. 마스크가 불필요하고, 코로나는 노인과 어린이만 걸린다고 말했다. 또 손소독제 물량 부족으로 집에서 만드는 방법을 알려준 적이 있었는데, 며칠 후에는 그렇게 만들면 폭탄이 되어서 터질 수 있다는 보도를 하기도 했다. 무척이나 코미디스럽고 신뢰성이 바닥이었던 프랑

코로나19 바이러스가 확산되기 직전, 고요한 브르타뉴 지방 한 시골 마을

스 언론은 시민들에게 외면받기 십상이었다. 그뿐만이 아니다. 의료 시스템이 붕괴되어서 아파도 병원에 가지 못하는 상황이 빈번하게 일어났다. 가뜩이나 체계화되어 있지 않은 프랑스 의료 환경이 와르르 무너지고 말았다. 가장 심각한 건 인종차별이었다. 중국에서 발병했다는 이유로 모든 아시아 사람들이 차별과 폭력의 대상이 된 것이었다.

불과 몇 주 만에 프랑스 사회가 아비규환이 되어버렸다. 이대로는 안 될 것 같았다. 나는 한국으로 돌아가야겠다고 마음먹었다. 프랑스에 계속 있으면 내게 위험할 수도 있겠다는 생각이 들었다. 아프더라도 외국인인 내가 프랑스 사람들과 동등하게 의료 혜택을 받을 수 있을지도 의문이었다. 더욱이 귀국을 하기로 마음먹은 날, 마크롱 대통령은 3월 12일 첫 담화문을 통해서 큰 결정을 발표했다. 사람들이 모이는 모든 장소를 폐쇄한다는 내용이었다. 모든 교육 기관도 마찬가지였다. 이제는 강제로 한국으로 돌아가야 하는 상황에 이르게 된 것이다. 결국 담당 교수님은 각자 집으로 돌아갈 수 있는 방법을 찾아보라며 모든 일정을 멈췄다.

항공권을 구매하는 것도 쉽지 않았다. 가격은 이미 평소보다 2.5배나 올랐고, 한인회를 통해 항공권 여유분이 있다는 소식을 알게 되더라도 즉시 구매해야 했다. 안 그러면 내가 고민하는 몇 초 사이에 매진되었다. 내가 찰나의 시간에서 결정하지 못하기도 했지만, 비싼 항공권을 구매할 만큼의 충분한 돈을 모아두고 있던 것도 아니었다. 그래서 나는 국적기를 포기하고 영국 런던을 경유해서 서울에 도착하는 외국 항공사를 이용하기로 했다.

설상가상으로 뜻하지 않은 일이 생기고 말았다. 멈춰버린 피정을 마치고 다시 엑상프로방스로 돌아가는 기차에서 한 문자를 받았는데, 내가 예약한 한국행 비행기가 취소되어 버린 것이다. 겨우 출발을 이틀 앞두고 있던 시점이었다. 정부 정책이 시시각각으로 바뀌고 있는 상황이었지만, 가장 크게 한몫한 건 3월 16일에 있었던 마크롱 대통령의 2차 담화문의 영향이 컸다. 대통령은 모든 음식점과 유흥시설을 폐쇄하겠다는 명령과 시민들의 협조를 구했다. 그런데 시민들은 법적 효력이 발생되기까지 놀아야 한다며 평소보다 더 많은 사람들이 유흥시설을 찾아 즐기는 일이 벌어지고 말았다. 결국 마크롱 대통령은 2차 담화문에서 깊은 분노를 삭히며 "우리는 전쟁 중에 있습니다(Nous sommes en guerre)"라고 말하며 탄식했다. 그리고 모든 사람들의 통행 금지와 유럽 나라 간의 국경을 폐쇄한다는 강력한 조치를 발표했다.

한국으로 돌아가는 내 여정은 영국 런던을 경유하여 서울에 도착하게 되어있었다. 영국은 셍겐 협정 국가도 아니고, 유럽연합(EU) 국가도 아니기 때문에 마크롱 대통령의 어제 결정은 영향이 없을 것이라고 생각했다. 하지만 이것은 나의 큰 오산이었고, 결국 엑상프로방스로 돌아가는 길에 비행기 취소 문자를 받게 된 것이다. 나는 당황한 마음을 애써 눌렀다. 혼란이 지속될수록 침착하게 방법을 찾아야 했다. 그리고 기차 안에서 휴대폰을 들고 온갖 가능성을 찾아보기 시작했다. 내 생애 태어나서 이처럼 두뇌 회전을 빨리해 보기는 처음이었다. 마크롱 대통령이 준전시 상황이나 다름없다고 말한 것처럼, 나는 살기 위해 온갖 방법을 찾으려고 했다.

일단 런던으로 지금 가야겠다는 판단을 했다. 기존에 갖고 있던 항공권은 정부의 국경 폐쇄 실행 날에 출발하는 일정이었다. 그래서 유럽연합 회원국이 아닌 영국에만 갈 수 있다면 그 조치를 피할 수 있을 것이라 생각했다. 나는 재빨리 런던으로 가는 다른 항공권을 구매했다. 그리고 엑상프로방스에 도착하자마자 아주 작은 짐만 챙겨서 1시간 만에 마르세유 공항으로 향했다. 급박했던 상황에서 나를 다독이며 공항까지 데려다준 친구는 "곧 다시 보자."라는 말을 남긴 채 헤어졌다.

그날 밤 11시가 되어서 런던 히드로 공항에 도착했다. 나는 런던에서 체크인을 별도로 하고 서울로 가야겠다는 계획을 세우고 있었다. 그러나 또 다른 난관에 봉착했다. 체크인을 할 수 없었다. 공항 직원 설명에 따르면 내가 기존에 갖고 있던 비행 일정은 프랑스 마르세유에서 출발하는 거고, 런던에서는 경유만 하기 때문에 여기서 체크인이 불가능하다는 거였다. 아뿔싸. 나의 모든 계획이 망가지는 순간이었다. 만약 런던에서 서울로 가지 못하면 나는 졸지에 국제 미아가 될 지경이었다. 프랑스로 다시 돌아갈 수도 없었고, 런던에서 장기간 체류할 수도 없었다.

나는 공항에서 야간 근무를 하는 직원을 붙잡고 내 상황을 설명했다. 출발지에서 비행기를 못 탄 건 천재지변과 같은 상황이니, 이건 예외 상황으로 봐달라고 했다. 내 주변에는 나와 같은 상황에 놓여있는 사람이 여럿 있었다. 그러나 다른 사람들은 다소 격양된 어조로 도움을 요청하고 있었다. 직원은 짜증을 내며 자리를 피했고, 자신의 책임이 아니라며 무조건 기다리라는 말만 남겼다. 순간 나는 영국 문화를 설명하는 책의 내용을 떠올렸다. 영국 사람들은 예의범절을 중요하게 생각한다는 내용이었다. 나는 그 공항 직원이 혼자 남게 되었을 때 차분하면서도 최대한 예의 있게 다시 내 상황을 설명했다. 1시간 동안 그 직원을 설득하면서 "미안하다."는 말을 열 번도 넘게 했다. 내 진심이 통했던 걸까, 공항 직원은 결국 나에게 마음을 열어줬다. 그녀는 "지금 당신이 굉장히 힘든 상황인 거 알겠어요. 아까는 사람들이 저에게 막 뭐라 그래서 얼마나 짜증이 났던지요! 지금은 당신과 저 밖에 없으니까 조용히 문제를 해결해 주겠습니다."라고 말하며 미소를 보여줬다.

직원은 암호화가 되어있는 직원 전용 컴퓨터로 향했고, 단 5분 만에 런던-서울행 항공권을 내 손에 쥐어줬다. 순간 나는 그 자리에서 주저앉고 말았다. 다리 힘이 풀려버렸다. 수 시간의 걱정과 근심 그리고 분노 속에서 얼마나 괴로웠는지 다시 상상하기도 싫었다.

마침내 나는 11시간의 비행 끝에 3월 19일, 서울에 도착했다. 다소 달라진 점이 있다면, 코로나 바이러스 감염 때문에 탑승객들은 직접 항공권을 지상 직원에게 보여주고 바코드에 찍어야 했다. 다닥다닥 붙어 앉은 비행기 내부에서도 승객들은 서로를 경계했다. 모든 한국 사람들은 마스크 혹은 방역복을 착용하고 있었다. 유럽에서 감염 방지 물품을 구하기 힘들다는 보도를 봤는데, 이 사람들은 어디서 구했는지 대단해 보였다. 나는 어쩔 수 없이 스카프를 얼굴에 돌돌 말아 눈을 제외한 전체 얼굴을 가렸다. 인천 공항에서는 마침 내가 도착한 날부터 입국 제한 대책이 처음 실시되는 날이라서 모든 입국자는 열을 재고 자가격리 진단 어플을 의무로 설치해야 했다.

인천공항에서 나와서 한국의 첫 바람을 들이킨 기분을 아직도 잊을 수 없다. "아~ 상쾌하다." 1박 2일간의 긴 여정 안에서 쌓인 여러 감정들이 한 방에 씻겨나가는 기분이었다. 그동안 수십 번 비행기를 타고 여러 공항에 들어가고 나왔지만 이처럼 기분 좋은 도착은 한 번도 없었다. 아마 코로나 바이러스 사태보다 더 큰 일이 벌어지지 않는 이상, 이번 여정은 내 인생에서 절대 잊을 수 없는 시간이 되지 않을까 싶다. '위기의 상황에서 사람은 누구나 천하무적이 된다' 는 말이 무슨 뜻인지 이해할 수 있게 된 여정이었다.

1년 만에 다시 밟은 땅

팬데믹 사태가 이렇게 길어질 줄은 상상도 못했다. 날이 따뜻해지면 바이러스가 활동을 하지 않는다는 가능성에 희망을 두고 있었고, 최첨단 의료 기술이 백신을 금방 만들 수 있을 것 같았다. 예전에 겪었던 메르스나 사스처럼 몇 달이면 이 어려운 사태가 곧 해결될 것이라고 생각했다. 그래서 나는 프랑스에서 급히 빠져나올 때 기내용 작은 캐리어에 여벌 옷과 속옷만 조금 챙겨서 나왔다. 사태가 해결되면 언제든지 돌아가려고 유럽과 프랑스 그리고 한국의 조치를 지켜보고 있었다.

그런데 하늘길은 막혀버렸고, 간간이 열리는 항공사 웹사이트에서는 항공권을 구매하더라도 스케줄이 수시로 바뀌고 취소되기 일쑤였다. 프랑스 상황도 좋지 않았다. 마크롱 대통령에 의해 통행금지령과

엑스 코로나19 백신 센터

휴교령이 해제되었다가 다시 실행되는 일이 반복되었다. 코로나 바이러스에 의한 감염자와 사망자 수도 전 세계 2위 혹은 3위를 왔다갔다 할 만큼 극심한 어려움에 처했다. 장기화되는 팬데믹 사태에 프랑스 사람들의 마음은 점점 지쳐갔다. 마치 반항아가 된 것처럼, 정부가 조치하려는 모든 정책과 반대로 행동하는 집단도 나타나기 시작했다.

나는 이듬해 프랑스로 돌아올 수 있었다. 꼭 1년 만이었다. 아직 팬데믹 사태가 마무리된 것은 아니었지만, 사람들은 일상을 되찾아가고 있었다. 프랑스 정부는 누구보다 재빨리 백신을 구매해 프랑스에 거주하는 모든 사람들에게 접종하게끔 했다. 국민건강보험에 가입되어 있다면 외국인도 접종이 가능했다. 나는 프랑스에 도착하자마자 국가 의료 서비스 웹사이트에서 백신 접종 예약을 하고 1차 접종을 바로 할 수 있었다. 한국은 아직 백신 확보가 되어있지 않은 상황이었다.

1년이라는 시간은 결코 짧지 않았다. 프랑스 사회 곳곳을 바꿔놓았다. 기존의 방식을 바꾸기 싫어하던 프랑스 사람들은 어쩔 수 없이 '비대면'이라는 이름 앞에 새로운 사회를 받아들여야 했다. 가장 먼저 눈에 띄었던 건 배달 시스템이다. 시내 곳곳에 자전거와 오토바이가 오가며 온갖 음식과 필요한 물건을 실어 날랐다. 또 행정 시스템은 인터넷으로 해결할 수 있게끔 조치했다. 두꺼운 서류를 들고 공공기관에 가서 직접 접수하고 기다려야 했던 고지식한 방법은 사라졌다.

그럼에도 불구하고 정부와 국민들 간에 신뢰는 회복하지 못했다. 아시아 사람을 향한 차별 행위도 멈추지 않았다. 프랑스 사람들은 마스크를 쓰는 걸 여전히 두려워했다. 오히려 코로나 바이러스에 감염되는 걸 무서워하지 않았다. 일부러 감염되어서 예방 항체가 생기기를 바라는 사람도 있었다. 여전히 감염으로 인해 중증 환자가 생기고 사망자가 속출하고 있었지만, 프랑스식 사고방식으로는 개의치 않은 듯해 보였다. 다른 사람에게 안 좋은 일이 일어나도 그건 그 사람의 일이라는 것. 자신에게까지 영향은 끼치지 않다는 게 이곳 사람들의 사고방식이다.

나는 프랑스에 다시 돌아와서 내 방에 켜켜이 쌓인 먼지를 걷어내려고 했다. 그런데 황당한 일이 벌어졌다. 방 위치가 바뀐 것이다. 내가 갖고 있던 열쇠로 방 문을 여니 다른 짐이 놓여 있었다. 분명 나는 프랑스를 떠날 때 기숙사 사감과 교수님들에게 짐을 놓고 다녀오겠다는 허락을 받았다. 장기간 한국에서 머물게 될 줄은 몰랐지만, 누군가 내 방에 들어와 짐을 치우고 방을 바꿀 거라는 생각을 해본 적이 없었다. 당장 기숙사 사감과 학교 행정실에 찾아갔다. 도대체 왜, 누가, 무슨 일로 이런 일을 벌였는지 물어보지 않을 수 없었다.

"그동안 정부 조치 때문에 학교를 열었다가 다시 닫기를 반복했잖아. 우리도 신입생을 받으면서 방 배정을 다시 할 수밖에 없었어. 네가 쓰던 방은 신입생들이 써야 하는 방이었거든."

정부가 휴교령을 처음 내렸을 때 프랑스 교수진들은 어떻게 수업을 이어나갈지 고민이 많았다. 인터넷 화상 시스템을 이용하려고 했지만, 그마저도 쉽지 않았다. 인터넷망이 전국에 깔려있지도 않을뿐더러 인터넷 속도가 굉장히 느려서 그 많은 학생들의 수요를 감당할 수 없었던

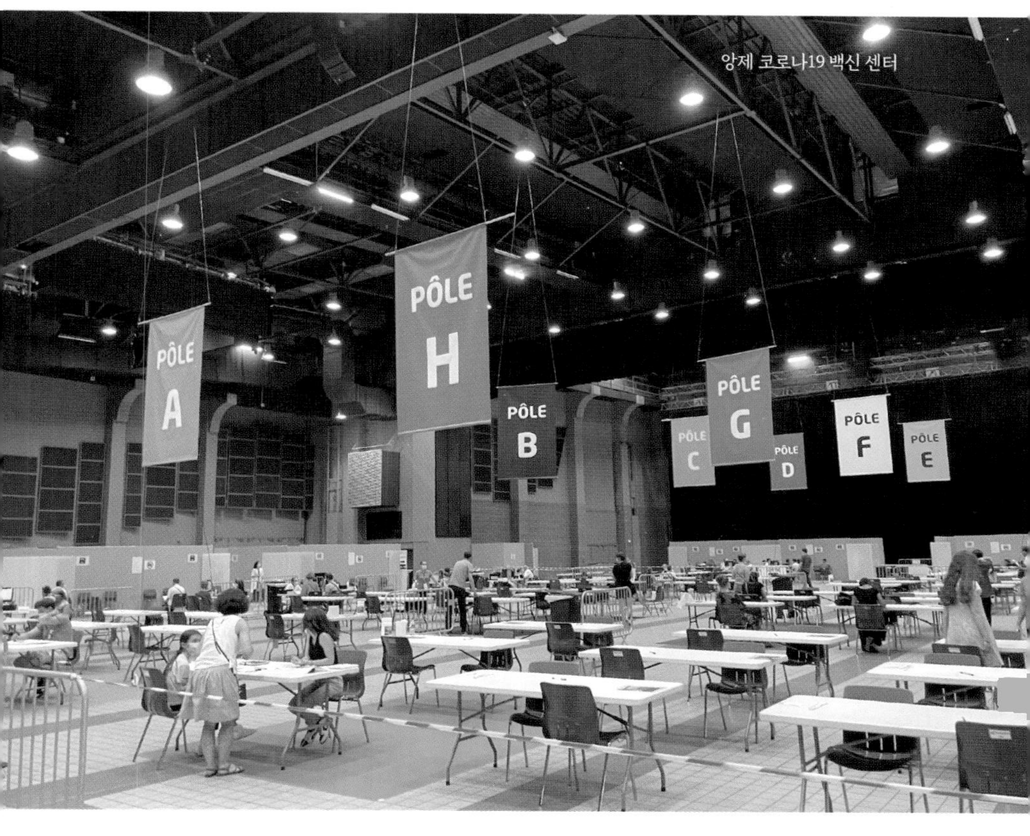

앙제 코로나19 백신 센터

거다. 내가 공부하던 연구대학은 정부의 지침에 따라 휴교를 했지만, 수업을 중단시킬 수 없었던 모양이다. 그래서 휴교령이 잠시 풀렸을 때 학생들을 한데 모아 기숙사에 머물게 했고, 다시 휴교령이 내려지면 집에 돌아가지 못하게 했다. 기숙사 안에서 수업을 진행했던 것이다.

FURSAC

미라보 거리에서 여유를 즐기는 사람들

학교 행정실 책임자의 설명에 어느 정도 이해가 됐다. 하지만 내 방을 옮기고 짐을 싸서 따로 보관하겠다고 나에게 연락하지 않는 게 괘씸했다. 나는 결국 새로 배정받은 방 열쇠를 건네받고 창고에 쌓여있는 내 짐을 하나씩 옮겨야 했다. 기존에 내가 어떤 물건을 갖고 있었는지 기억도 나지 않아서 잃어버린 물건이 있는지도 인지하지 못했다. 생활에 필요한 물건, 내가 소중하게 생각한 물건을 하나씩 되짚으며 확인하느라 한 달이란 시간이 걸렸다.

문제는 한 가지 더 있었다. 학년 유예가 된 것이다. 다른 학생들은 간간이 진행된 오프라인 수업을 듣고 수업 일수를 인정받아 새로운 학년에 올라갈 수 있었다. 팬데믹 상황에 따른 특별한 조치였다. 그러나 난 해당 학년을 다시 다니라는 통보를 받았다. 담당 교수님과 학생처장을 만나서 오랜 시간 이야기를 나눴지만, 별수 없었다. 학교에서 이미 결정을 내렸고, 내가 수업 일수가 부족한 것도 사실이었다.

이미 일어난 일을 되돌릴 수는 없었다. 코로나 바이러스로 팬데믹 기간이 길어지면서 많은 사람들이 불이익을 받았다. 익숙한 일상을 뒤로한 채 하루하루 낯선 환경을 맞아들이고 적응해 가야 했다. 또 나는 외국인으로서 프랑스라는 나라를 이해하고 받아들여야 했다. 그러나 두 상황을 동시에 내 것으로 만드는 건 너무 역부족이고 그 과정에서 지칠 게 뻔했다.

나는 아직 혼돈에서 헤어나지도 못한 사회에 비집고 다시 들어왔다. 시간이 필요하다. 정말로 많은 시간이 필요할 것이다. 서로를 이해하고 사회를 이해하며 힘든 상황을 받아들일 수 있는 시간이 필요하다. 과거를 탓하고 그 시간에 머물기만 한다면 지금도 흘러가는 시간 앞에서 나 홀로 동떨어질 수밖에 없다. 그래서 나에게 돌아온 불이익과 이해할 수 없는 상황을 받아들이기로 결정했다. 한 가지 바라는 점이 있다면 서로 반목하지 않고 어려움을 함께 타개해 나갈 수 있는 공동체성이 생겼으면 좋겠다. 그리고 각자에게 있는 마음의 지침을 위로받을 수 있는 여러 가지 사회 서비스가 제공되기를 바라고 있다.

원조 유튜버 상 받은 날

이런 생각을 해본 적이 있다. '만약 내 유튜브 채널을 꾸준히 관리했다면 곽튜브나 빠니보틀보다 더 유명한 사람이 될 수 있었을까?' 유튜버라는 직업이 생기기 전, 나는 오래전부터 영상을 제작해 왔다. 첫 영상을 만든 건 중학생 때였다. 내가 다니던 성당에 영상부가 있었고, 행사를 할 때마다 8mm 테이프가 든 캠코더를 들고 촬영했다. 미사는 매우 엄숙한 분위기지만 신자들은 내가 만든 영상을 보고 웃음을 짓고 깔깔 웃기도 했다. 나는 그럴 때마다 영상은 모든 세대가 어울려져 즐길 수 있는 탁월한 매체라고 생각했다.

유튜브라는 플랫폼이 세상에 나왔을 때 내가 처음 올린 영상은 여행 영상이었다. 나는 여행을 하면서 사진으로 만족하지 못했다. 한 컷에 생동감이 있으면 그 순간을 영원히 기억하기 좋을 것 같았다. 그래서 여행지마다 랜드 마크 앞에서 짧은 영상을 찍었고, 하나의 영상으로 이어 붙이는 정도로 편집해서 유튜브에 올렸다.

대학교를 졸업하고 방송국에서 일했다. 영상 제작이 취미에서 일로 바뀌는 순간이었다. 나는 TV프로그램 제작일을 하다가 뉴미디어 플랫폼을 연구하는 일을 전담했다. 당시 모든 방송국에서는 유튜브나 네이버같이 새로운 플랫폼으로 콘텐츠를 옮겨갈 준비를 하고 있었다. 그래서 편집 방식이나 내용 구성 등 새로운 방법으로 콘텐츠를 제작하는 실험을 했다. 이때 유튜브는 나의 연구를 뒷받침해 주는 실험도구였다. 전 세계 많은 사람들이 올린 영상을 보면서 어떤 관심사가 떠오르고 있는지, 어떤 영상을 좋아하는지 등 앞으로 어떻게 콘텐츠를 제작해야 할지 알 수 있었다.

누구보다 유행에 민감하고 앞으로 어떤 콘텐츠로 시청자들의 눈을 즐겁게 할지 알고 있었지만, 정작 내 유튜브 채널을 관리할 생각은 하지 않았다. 나는 어떤 유명한 사람들처럼 얼굴을 들이밀고 꾸준히 영상을 만들 자신이 없었다. 무엇보다 하루 종일 직장에서 영상 편집을 했는데, 취미 생활로 또 영상 편집을 하는 건 여간 힘든 일이 아닐 수 없었다.

본격적으로 다시 유튜브에 관심을 갖게 된 건 프랑스에서 살기 시작하면서부터다. 일단 너무 심심했다. 공부하면서 잠깐 머리를 식히는 데 가장 좋은 수단이 유튜브를 시청하는 거였다. 그러면서 유학생활과 관련해서 올라오는 영상은 아직 없다는 걸 알았다. 그때부터 나는 내가 프랑스에서 어떻게 사는지 영상을 제작하기 시작했다. 프랑스 바게트가 정말 맛있는지, 크루아상은 얼마나 맛있는지 등 이른바 먹방 리뷰 영상을 만들었다. 또 방학 때마다 여행했던 모습들, 한글 학교에서 교사로 일하면서 어떻게 프랑스 학생들을 가르치는지 등 일상생활에서의 특별한 순간을 카메라에 담기 시작했다.

사람들은 이런 내 영상에 관심이 많았다. 단박에 수천 명, 수만 명이 시청하더니 어느 순간 수십만 명이 시청하고 있었다. 한류가 이제 막 유럽에 도착해서 퍼지고 있을 무렵이었기 때문에 내 영상이 얻어걸린 게 아닌가 싶었다. 게다가 내가 한글을 가르치는 영상을 보고 어떤 프랑스 신문에 기사까지 났다. 남프랑스에 떠오르는 한국 문화라는 제목으로 저 멀리 파리에서도 남쪽까지 한국어를 배우기 위해 내려간다는 내용이었다.

마침 프랑스 한인회에서 프랑스 생활을 담은 UCC 콩쿠르를 연다는 소식을 접했다. 나는 프랑스에 사는 한인들이 약 만 명도 되지 않고, 이 중에 얼마나 많은 사람이 영상을 제작해서 공모할지 생각해 봤다. 학생들 중에서도 대부분 교환학생이 많으니까, 특별한 이야기가 출품될

가능성은 적었다. 그렇다면 프랑스에서 오랜 시간 살아온 젊은 한인들 중심으로 영상이 만들어질 게 뻔했다. 생각해 보니 승산 있는 콩쿠르였다. 나는 그동안 찍어놓은 영상 소스를 찾아서 새로운 걸 만들기 시작했고, 부족한 장면은 바로 거리에 나가 촬영했다.

출품한 영상 내용은 이렇다. 지난 몇 년간 내가 프랑스에서 어떻게 살았는지, 한국인으로서 어떤 자긍심을 갖고 살았는지, 또 한국 문화가 퍼지고 있는 흐름에 따라 어떻게 한국 문화를 알리는 데 앞장섰는지에 관련한 영상을 제작했다. 너무 국뽕이 아니겠냐는 의견도 있었지만, 주최자가 프랑스 한인회라는 점을 감안하면 이런 제작 방향성은 당연한 거였다. 나는 2주간 정성 들여 영상을 제작했고, 프랑스 특유의 분위기를 표현한 색감 작업까지 해서 공모에 응했다.

그렇게 나는 2등에 해당하는 '최우수상'을 받았다. 꽤나 큰 상금도 받았다. 내 한 달 치 식비에 견주는 금액이었다. 시상식이 있던 파리의 한 구청에서 다 같이 상영했을 때도 내 영상은 호응이 좋았다. 아무래도 방송국에서 일한 경험이 큰 도움이 되었던 게 아닌가 싶다.

많은 사람들이 내가 1등 할 거라고 생각했다. 공모에 응했던 대부분의 영상이 생각보다 퀄리티가 좋지 않았고, 스토리도 탄탄하지 않았기 때문이다. 내가 2등을 한 이유는 너무 단순했다. 프랑스 한인회는 이

UCC 콩쿠르를 개최하면서 큰 호응이 없을 거라고 생각했다고 한다. 그래서 한인회 임원의 자녀, 친구, 그들이 다니고 있는 한인 개신교회 청년회를 중심으로 콩쿠르가 진행되고 있었다. 마치 "너 한번 영상 공모해 봐~ 상 하나 줄게!" 이런 식이었다. 거기에 내가 갑자기 끼어들어 퀄리티있는 영상을 선보였으니, 한인회에서 얼마나 놀랐을까.

내가 받은 최우수상은 급조된 상이었다. 원래 대상 다음은 우수상이었다. 그들만의 리그에서 고퀄리티인 내 영상을 떨어트리는 건 상식적으로 이해되지 않는 일이었을 거다. 시상식 당일, 공교롭게도 한인회 자녀들이 앉아 있던 곳 바로 뒤에 내가 자리하게 되었고, 그 어린 친구들이 얘기하는 걸 우연히 듣게 되었다. 이미 시상 내역이 점지되어 있는 상황에서 왜 저 사람이 상을 받냐는 투정이었다. 저 사람은 곧 나를 가리키는 말이었다.

나는 이것을 계기로 유튜브를 더 살려봐야겠다고 다짐했다. 그 후 산티아고 순례길을 시작으로 내 얼굴도 드러내며 브이로그다운 브이로그를 제작하고 있다. 주변 친구들이 유튜브를 더 일찍 시작했으면 얼마나 좋겠냐는 얘기를 하지만 지나간 시간을 붙잡고 '그때 그랬었더라면…' 하고 말하는 게 얼마나 부질없는 짓인지 알고 있다. 솔직히 아쉬움은 크게 남는다. "만약 내가 유튜브에 영상을 더 많이 올리고 매진했더라면 곽튜브, 빠니보틀보다 더 유명해질 수 있었을까?" 뭐, 개꿈 같은 소리다. 꿈은 누구나 꿀 수 있으니까.

한프 관계의 위대한 시작

2016년 프랑스 정부는 한국과 수교 130주년을 맞아 각종 축제를 열었다. 대표적으로 파리의 상징인 에펠탑에 우리나라 국기인 태극기 색깔에 맞춰 조명 쇼를 보여줬고, 배경음악으로 싸이의 〈강남스타일〉을 틀었다. 대한민국이 건국된 지 그렇게 오래되지 않은 점을 생각해 볼 때 프랑스와 관계가 꽤나 깊은 관계라는 건 누구도 부정하지 않을 것이다. 그러면 우리나라와 프랑스의 관계는 언제, 어떻게 시작되었을까?

나는 한국에 살 때도 마찬가지였고, 프랑스에 유학을 온 첫해에도 두 나라 관계에 전혀 관심을 두지 않았다. 어학을 공부하고 새로운 삶에 적응하느라 다른 것에 눈을 돌리지도 못했던 이유도 있었다. 무엇보다 이건 국제 정치사나 역사에 관심이 있는 사람들이나 알법한 일이라고 생각했다. 그런데 내가 한국과 프랑스 간의 관계에 관심을 가지게 된 계기가 있었다.

2018년 주프랑스 대한민국 대사가 엑스마르세유 대학교에서 특별 강연을 했다. 한국 드라마와 영화 그리고 케이팝이 프랑스 남부까지 휩쓸고 있었던 때라, 수백 명에 달하는 프랑스 대학생들이 한 강의실에 가득 찼다. 엑스마르세유 대학교는 내가 프랑스어를 공부하고 있던 곳이라서 그 특강에 참여할 수 있었다. 대사는 한국의 역사와 문화, 그리고 현재 한국이 국제 사회에서 어떤 역할을 하고 있는지 차근차근 설명하기 시작했다. 이어서 프랑스와의 관계에 초점을 맞춰 두 나라가 어떻게 시작되었는지 역사적 사건을 중심으로 말했는데, 나는 대사님의 발표 내용을 듣고 깜짝 놀라지 않을 수 없었다.

이미 한국과 프랑스는 조선 말기인 1886년에 조불 수호 통상조약을 맺으면서 외교관계를 시작했지만, 우리나라와 프랑스의 관계는 훨씬 이전으로 거슬러 올라간다는 게 대사의 설명이었다. 바로 파리외방전교회 가톨릭 신부들의 조선 입국이 두 나라 관계의 시작이라는 것이다. 종교학을 공부했고, 신학을 공부하고 있는 나로서는 굉장히 흥미로운 주제가 아닐 수 없었다. 그래서 나는 이 주제를 조금 더 파보기로 했다.

ST LAURENT IM

마리냔 생로랑앵베르 기념성당

우리나라 가톨릭교회는 전 세계에서 유일하게 신자들에 의해 세워졌다. 보통 선교사들이 다른 나라에 가서 복음을 전하는 것과 다른 경우다. 처음에 가톨릭은 종교가 아니었다. 조선 말기, 시대 변화의 흐름에 따라 유학자들이 중국에서 새로운 학문과 과학 기술을 국내에 전파하기 시작하면서 가톨릭이 서학이라는 이름의 학문으로 들어오게 됐다. 훗날 서학을 연구하던 사람들은 이게 단순한 학문이 아닌, 종교라는 것을 스스로 깨달았고, 교계제도(일종의 교회의 조직)를 만들기에 이른다. 그리고 공동체 안에서 누구는 신부, 누구는 수녀, 누구는 회장 등을 정해서 서로 세례를 주고 미사(예배)를 드리기 시작했다. 그러나 이것은 가톨릭교회 교회법과 교리적으로도 너무 어긋나는 행위였다. 이 사실을 깨달은 사람들은 자신을 용서해 달라면서 이 땅에 신부님이 필요하다고 편지를 써서 교황청으로 보내게 된다.

교황청은 유럽 가톨릭교회와 이미 중국에 진출해 있는 수도회(예수회나 프란치스코회 등)에 조선으로 선교 나갈 신부를 뽑아달라고 요청했지만, 어느 곳도 그 응답에 응하지 않았다. 1829년 당시 태국에서 선교사로 활동하고 있던 프랑스 파리외방전교회 소속 브뤼기에르(Barthélemy Bruguiére) 신부만이 개인적으로 지원했을 뿐이었다. 처음에 파리외방전교회는 그의 요청을 반대했었다. 그러나 브뤼기에르는 수많은 편지를 파리외방전교회 본부와 교황청에 보내면서 자신이 왜 선교사로 적합한지, 조선에 왜 선교가 필요한지 등 논리적으로 반박하며 자신이 꼭 조선 땅에 들어가야 한다고 설득했다. 얼마 지나지 않아 교황청은 조선을 중국 관할 구역에서 떼어내 새로운 가톨릭 관할 구역으로 만들고 조선교구라고 명명했다. 그리고 1831년 브뤼기에르 신부를 초대 교구장 주교로 임명했다. 하지만 브뤼기에르 주교는 조선 입국을 코 앞에 두고 1835년 병환으로 세상을 뜨고 말았다.

조선에 처음 발을 디딘 프랑스 신부는 피에르 모방(Pierre Maubant)이었다. 그는 조선인 신부 양성을 위해 세 소년을 뽑아 마카오로 보냈는데, 그중 한 명이 우리나라 최초의 신부인 김대건 안드레아 신부다. 더불어 내가 살고 있는 프로방스 출신의 로랑 앵베르 신부(Laurent Imbert)는 제2대 조선교구 주교가 되어 최초로 조선에 입국한 주교가 되었다. 당시 조선은 가톨릭 신자들을 무참하게 죽이던 시기였다. 흥선 대원군은 주변 열강 속에 위태한 나라를 살리고자 프랑스의 도움을 받고자 했다. 그래서 프랑스 주교를 만나 그 문제를 의논하려고 했으나 여러 정치적 이유로 그 만남은 불발되었고, 수만 명의 가톨릭 신자가 죽는 박해 시기가 도래했다. 이때 순교한 신자들 중 103명은 1984년에 요한 바오로 2세 교황에 의해서 성인(Saint)으로 선포되었는데, 이는 2000년 가톨릭교회 역사상 처음으로 많은 인원이 성인으로 선포된 일이었다. 또한 이 예식은 관례적으로 바티칸에서 이뤄져야 했으나 처음으로 바티칸 밖 서울 여의도 광장에서 이뤄졌다. 이뿐만이 아니다. 교황청은 전 세계 가톨릭교회가 9월 20일에 한국 순교자들을 의무적

성 로랑 앵베르 · 한국의 순교자(1796-1839)

으로 기억하고 미사를 드릴 수 있는 조치까지 했다.

프랑스 가톨릭 선교사들이 쏘아 올린 한국과 프랑스의 관계는 단지 과거에서 끝나지 않고 지금까지 이어지고 있다. 2016년에 프랑스 가톨릭교회의 추기경과 주교들 그리고 신부와 신자들은 순례단을 꾸려 한국을 방문했다. 조선 시대에 일어난 가톨릭 박해 중 가장 큰 박해였던 병인박해 150주년을 기념하기 위한 것이었다. 이때 프랑스 선교사들의 후손들도 함께하여 선조들을 끊임없이 기억해 주는 한국 가톨릭 교회에 고마움을 전했다. 지난 2019년 9월에는 로랑 앵베르 주교를 기억하는 행사가 내가 살고 있는 엑상프로방스에서 열렸다. 프랑스 전역에서 온 프랑스 주교와 신부, 신자들 그리고 한국에서 온 약 60여 명의 신부들과 신자들이 함께 우정을 나눴다.

현재 프로방스 지역에는 로랑 앵베르 주교와 관련된 흔적을 곳곳에서 찾아볼 수 있다. 그가 태어난 마리냔(Marignane) 생가에는 기념 나무와 입간판이 세워졌고, 그 근처에 로랑 앵베르 성당(Eglise Saint Laurent Imbert)이라는 기념 성당이 신축되었다. 그리고 카브리에스(Cabriès)와 칼라(Calas) 마을에는 로랑 앵베르가 신부가 된 후 처음으로 미사를 드린 기념 표지석과 초상화가 걸려있다. 마을 한가운데에는 그가 기백있게 하늘을 쳐다보는 동상까지 세워져 있다. 과연 대한민국에서 프랑스 선교사의 입국을 한국과 프랑스 외교 관계의 시작이라고 인정했을 만한 충분한 가치가 있다.

그날 나는 엑스마르세유 대학교에서 주프랑스 대한민국 대사의 특별 강의를 듣고 기숙사에 돌아와 친구들에게 두 나라의 관계에 대해 자랑하듯 풀어놓았다. 마치 지금 내가 너와 만나는 이 순간마저 우연이 아니라는 것처럼, 130여 년의 외교관계가 여기에까지 이어지고 있다는 식으로 말했다. 그리고 그 주말에 성당에 가서 프랑스 신부님께도 똑같은 얘기를 했다. 그러자 그분은 나에게 이런 얘기를 해줬다. "사실 나는 서울에 가본 적이 있어. 1984년 103위 순교성인 시성식 때였지. 그때 교황님과 한국 신자들이 여의도 광장에 모여있던 모습이 잊히지 않아. 많은 한국 사람들의 손님을 따뜻하게 맞아들였던 그 감정이 계속 느껴지는 것 같아." 90세가 넘은 그분의 말씀은 굉장히 또렷했다.

상상도 못했던 삶

"그레고리오는 여기서 살 계획을 갖고 있었나요?"

며칠 전 학교에 소속된 라디오 방송국에 인터뷰하러 갔다가 받은 질문이었다. 진행자는 지구상의 수많은 나라 중에 왜 프랑스로 왔는지, 유럽에 다른 나라도 있는데 하필 프랑스를 선택하게 되었는지 궁금하다며 물어왔다. 내 대답은 아주 간단했다. 나는 프랑스에서 살게 될 거라고 단 1분 1초도 상상해 본 적이 없다. 언어도 마찬가지이다. 배울 생각은커녕 Bonjour의 봉쥬르가 잘못된 한국식 발음이라는 것도 모를 정도로 프랑스에 관심이 없었다.

으레 프랑스라고 하면, 에펠탑과 개선문 앞에서 사진을 찍고, 예쁜 카페에 앉아서 바삭한 바게트에 치즈를 올려 먹는 상상만 하며 살아왔다. 2014년 5월, 내가 처음으로 유럽 배낭 여행을 했을 때 시작점이 파리였고, 2016년 8월 여름이 거의 지나가고 시원한 바람이 불 즈음, 나와 엄마 그리고 동생과 함께 여행한 곳도 프랑스였다.

그때 가족들과 여행한 얘기를 잠깐 하자면, 엄마가 한 번도 유럽 여행을 해본 적이 없으셔서 동생과 같이 돈을 모아 여행을 계획했었다. 처음엔 스페인을 갈지, 독일을 갈지, 이탈리아를 갈지 고민했었다. 여기에 프랑스는 들어 있지 않았다. 그런데 어느 날 엄마가 어디서 얘기를 듣고 오셨는지, 유럽 여행은 역시 파리에서 시작해야 한다며 프랑스에 갔으면 좋겠다는 바람을 피력하셨다. 나는 엄마를 모시고 파리뿐만 아니라 유럽의 여러 나라를 가고 싶었지만, 우리에게 주어진 시간은 단 열흘이었다. 파리만 구경해도 1주일은 걸리는데 다른 나라에 갈 여유는 없었다. 그렇게 계획된 여행은 프랑스만 한 바퀴 도는 것이었다. 파리를 시작으로 루르드, 툴루즈, 마르세유를 거쳐 다시 파리에서 한국으로 돌아오는 일정이었다.

그중 마르세유(Marseille, 프랑스어로는 막세이라고 읽는다.)는 여행이 끝나기 직전에 머물렀던 도시였다. 우리는 무려 사흘이나 머물면서 또 다른 풍광을 간직하고 있는 남프랑스의 진풍경을 즐겼다. 끝도 없이 펼쳐진 푸른 바다가 인상적이라며 한참을 바라보시던 엄마의 모습, 근처 피자가게에서 멋진 선글라스를 쓰고 야외 테라스에 앉아 있던 동생의 모습이 정말로 행복해 보였다. 나는 피자를 주문할 때 절대 정어리

마르세유 부둣가에서 비눗방울에 행복해하는 아이들

마르세유 전경

CAMBIO
STORE

피자를 시키면 안 된다고 했지만, 결국 우리가 주문한 건 짜디짠 정어리 피자여서 껄껄 웃을 수밖에 없었던 순간조차 좋았다.

지금 나는 마르세유에서 40분 정도 떨어져 있는 엑상프로방스에 살고 있다. 모름지기 새로운 장소에서는 보이는 곳마다 낯설어야 하는데 나는 그렇지 않았다. 이미 한 번쯤 다녀갔던 장소, 이미 걸었던 길이었기 때문에 모든 게 익숙했다. 특히 바다를 보러 버스를 타고 마르세유에 갈 때면 엄마와 동생이 생각날 수밖에 없다. 함께 머물렀던 호텔, 같이 먹었던 식당 등 발길 닿는 곳마다 추억이 가득했다. 그러다가 나 혼자 실실 웃으며 오묘한 감정을 느낄 때가 있다. 그때의 나는 여행을 마치고 딱 1년 뒤, 여기서 살게 될 줄 상상이나 했을까.

이제는 이곳에서 지내는 삶이 익숙하다. 프랑스에서도, 특히 프로방스 지역 문화가 어떤 특징을 갖고 있는지 알고 있다. 언어에서도 나도 가끔은 남프랑스식 사투리가 튀어나올 때가 있다. 초콜릿이 듬뿍 들어 있는 빵의 이름인 '빵 오 쇼콜라'를 '뺑 오 쇼콜라'라고 말한다든지, 겨울에 마시는 뜨거운 와인인 '방쇼'를 '뱅쇼'라고 말하고 있다. 이곳 특유의 앵앵거리는 발음과 악센트 높낮이가 강한 특색이 내 말투에도 조금씩 스며들고 있다.

어학당에서 알게 된 외국인 친구들은 부모님을 초대해서 방학을 같

기원전 600년 경에 건설되어 프랑스에서 가장 오래된 항구로 꼽히는 마르세유 항구

이 보내는 경우가 많다. 대개 부모님들은 자식이 타지에서 어떻게 공부하는지 보고 싶어 하시고, 어려운 건 없는지 얘기를 듣고 싶어 하신다. 그래서 나도 엄마에게 내가 사는 동네, 내 방, 뭐 하고 지내는지 등 사진을 찍어서 자주 보내드린다. 나는 잘 지내고 있으니 걱정 마시라는 뜻이다. 그런데 나도 가끔씩 외국인 친구들처럼 이곳에 가족을 초대해서 휴가를 같이 보내면 좋겠다는 생각도 한다. 내 삶이 얼마나 달라졌는지, 얼마나 프랑스식 사고가 내 안에 스며들었는지 보여주고 싶다. 어쩌면 강렬한 바람이기도 하다. 하지만 먼 거리에 있는 가족이 여기에 오려면 많은 시간을 할애해야 한다는 걸 나는 알고 있다. 나를 위해, 내 삶을 보여주기 위해 프랑스에 와달라는 나의 바람은 욕심이나 다름이 없다고 생각하며 마음 한편에 접어 두고 있다.

친구들은 종종 나를 보러 이곳에 온다. 그때마다 나를 위해 프랑스에선 구하기 힘든 한국 음식을 바리바리 싸 들고 온다. 가방이 꽤나 무거울 법한데도 기쁜 표정으로 내게 줄 땐 큰 감동을 받을 수밖에 없다. 그러나 나에게 가장 큰 선물은 '친구' 그 자체였다. 자신의 여행 일정을 쪼개서 일부러 엑상프로방스로 오기는 쉽지 않은 일이다. 공자는 말했다. "먼 곳에서 친구가 찾아와 주니 즐겁지 아니한가.(有朋自遠方來, 不亦樂乎)" 만약 내가 이곳에서 살지 않았다면 이 즐거움을 평생 느끼지 못했을 것이다.

조금 더 시간이 지나면 나는 어떤 모습으로 살게 될지 굉장히 궁금하다. 과거에 내가 프랑스에서 살게 될 거라고 상상을 못했던 것처럼, 또다시 상상치 못한 다른 미래가 다가오지 않을까 싶다. 알지 못하는 미래를 기다리는 삶. 얼마나 흥분되고 설레는 현실인가. 이것을 위해서 체계적인 계획도 세울 필요가 없다. 우리가 늘 하는 말이 있지 않는가, "계획대로 되는 게 하나도 없어."라고.

새롭게 꾸는 꿈

"너는 꿈이 뭐니?"

꿈이 무엇이냐는 질문은 어릴 때 많이 들어봤다. 유치원에 다닐 때부터 고등학생 때까지 수없이 반 친구들 앞에서 발표했던 주제다. 또 매 학기 시작할 때 담임 선생님과의 면담에서 질리도록 말했던 거다. 내 기억 속에서 가장 처음 가졌던 꿈은 과학자였다. 나를 위해서 무엇이든 만들어주셨던 할아버지처럼 만능 재주꾼이 되고 싶었다. 그래서 1학년 때 담임 선생님은 날 척척박사라고 불렀다. 한때는 선생님도 되고 싶었다. 친척들이 한데 모일 때면 동생들과 함께 학교 놀이를 하곤 했는데, 나는 늘 선생님 역할을 맡았다. 누군가를 가르치는 일이 가장 보람된 것이라고 그때 느꼈다. 그 이후에도 개그맨, 신부님, 소설 작가, 화가 등 여러 꿈을 꿨지만 하나도 이뤄지지 않았다. 내가 첫 직장 생활을 했던 방송국 일도 내 전공과 내 꿈과 아무 상관 없는 직업이었다. 그

앙제의 내 방에서 바라본 바깥 풍경

프랑스 서쪽에 있는 도시, 앙제(Angers)

래서 난 꿈은 꿈일 뿐 현실과 맞지 않는 허상이라고만 생각했다.

꿈을 잊고 살 때, 다른 사람들처럼 사회 요구 사항에 따라 살면서, 나는 지쳐가고 있다는 걸 느꼈다. 매년 똑같이 돌아가는 직장 생활, 꿈도 없고 주어진 업무에만 수동적으로 열심히 하고 있는 내 모습이 너무 싫었다. 마치 쳇바퀴 안에서 끊임없이 달리는 다람쥐 같았다. 게다가 이런 삶을 적어도 30년을 해야 한다니, 너무 내 인생이 아깝다고 생각했다. 나는 내 인생에 새롭고 신선한 바람을 불어넣어 보고 싶었다.

프랑스에서의 첫해 3개월은 파리 서쪽에 있는 앙제(Angers)에서 공부했다. 앙제는 중세 시대부터 많은 프랑스 귀족들이 교육을 받았던 유서 깊은 도시다. 이곳 언어 스타일은 파리보다 표준어스럽고 순수하며, 악센트까지 없는 걸로 유명하다. 그래서 지금도 어학 공부를 희망하는 외국인 학생들이 늘 넘친다. 내가 어학을 공부했던 학교는 프랑코포니 문화권에서 바로 언어를 쓸 수 있도록 실용적인 언어를 가르쳐주던 곳이었다. 그래서 나보다 어린 대학생부터 내 또래, 그리고 나이 많은 분들까지 다양하게 찾아왔다. 어학 진행도 꽤나 빡빡했다. 매일 오전 8시부터 오후 5시 반까지 수업이 있었다. 또 선생님은 매월 초에 몇 가지 주제를 학생들에게 나눠주고 1주일에 한 번씩 프랑스어로 발표를 시켰다. 나는 매일 수업이 끝난 다음, 주제에 맞는 원고를 작성하고 선생님께 제출했다. 그러면 선생님이 내 원고를 수정해 주셨고 다시 나는 그걸 외워서 발표했다.

그리고 앙제에서의 생활이 거의 마무리될 무렵, 선생님은 갑자기 나에게 물었다.

"너는 꿈이 뭐니?"

나는 아무 대답을 하지 못했다. 선생님은 머뭇거리는 내 모습을 바라보며 꿈을 주제로 마지막 발표를 준비해 오라고 하셨다. 이전에 받은 주제로 미리 준비했던 걸 뒤엎고 다시 준비해야 했다. 가뜩이나 발표 하나 준비하는 것도 버거운데 처음부터 다시 준비하는 게 너무 싫었다. 하지만 마지막 발표이고 유종의 미를 거두면 좋겠다는 마음으로 꿈에 대해 진지하게 생각하기 시작했다. 도대체 내 꿈이 뭘까.

일부러 생각하려면 떠오르던 것도 가라앉기 마련이다. 도저히 내 꿈이 뭔지 알 턱이 없는 몸을 이끌고 산책을 나갔다. 내가 살던 방에서 집 앞 공원까지 그리고 앙제 시내를 관통하는 만느(Maine) 강가에 이르렀다. 거기엔 수많은 앙제 시민들이 각자 자기가 하고 싶은 모든 것을 자유롭게 하고 있었다. 맨손 운동, 커플들의 애정행각, 누워서 잠자기, 아이들과 뛰어노는 아빠. 자유롭게 움직이는 사람들의 몸짓이 정말로 아름답게 보였다.

해가 뉘엿뉘엿 질 때, 화려한 불빛이 도시를 감싸안았다. 강에 비친 도시의 모습이 새롭게 보였다. 그리고 낮에는 볼 수 없었던 건물이 또렷하게 보이기 시작했다. 두리번거리는 내 눈에 단 하나의 건축물이 보였다. 지금 내가 앉아 있는 곳과 건너편을 이어주는 다리였다. 쉴 새 없이 많은 사람들이 오가고 있었지만, 우두커니 버티고 있는 모습이 대단해 보였다. 다리는 앙제시 만느강의 강한 물결을 이겨내고 있었고, 사람들의 무게를 홀로 버티고 있었다. 수백 년 동안 한 자리에서 그렇게 있었다. 순간 나도 다리가 되면 좋겠다는 생각을 했다. 서로 다른 곳을 하나로 이어주고 한 자리에서 변하지 않는 모습으로 지키고 있는 다리말이다.

우리나라는 분명 역동성이 있다. 문화, 경제적으로 계속 성장하면서 세계 안에서 큰 나라가 될 것임이 분명하다. 반면 프랑스는 오랜 시간 꽉 채워온 역사 문화적 정체성이 있는 나라다. 과거를 존중할 줄 알고 이를 기반으로 현재와 미래를 건설하고 있다. 만약에 이 두 나라의 장점이 잘 연결된다면 어떤 결과를 만들어 낼까. 조금 더 여유를 갖고 합리적인 삶을 살아가는 것. 두 나라의 교류가 활발해지면 활발해질수록 어느 곳이 더 좋아지고 나빠지는 게 아니라 서로를 보완해 가면서 누구나 만족하는 삶을 만들 수 있을 거라 생각한다. 그리고 그 가운데엔 바로 내가 서있어 보는 거다.

아무래도 나는 프랑스에 오래 남아서 프랑스라는 나라에 조금 더 풍

덩 빠져봐야겠다. 고작 몇 년으로 이 나라를 알기엔 턱없이 부족하다. 그리고 내가 두 나라 사이에서 할 수 있는 일을 찾아봐야겠다. 꿈은 별게 아닌 것 같다. 꿈은 손에 잡히지 않는 허황된 게 아니다. 꿈은 끊임없이 도전하는 사람의 것이다. 또 내가 하고 싶은 일을 상상하면서 지금 기쁘게 준비하고 있다면 이미 꿈을 가진 거나 다름이 없다고 본다. 그리고 나는 다시 꿈을 가지고 꿈을 향해 길을 나서고 있다.